AF381625

Karl Peters

Studien zur mittelhochdeutschen Syntax

Antigonos

Karl Peters

Studien zur mittelhochdeutschen Syntax

Unveränderter Nachdruck der Originalausgabe von 1877.

1. Auflage 2024 | ISBN: 978-3-38634-567-5

Antigonos Verlag ist ein Imprint der Outlook Verlagsgesellschaft mbH.

Verlag: Outlook Verlag GmbH, Zeilweg 44, 60439 Frankfurt, Deutschland, info@outlook-verlag.de
Vertretungsberechtigt: E. Roepke, Zeilweg 44, 60439 Frankfurt, Deutschland
Druck: Libri Plureos GmbH, Friedensallee 273, 22763 Hamburg, Deutschland

Studien

zur

Mittelhochdeutschen Syntax.

I. Die Syntax des Objekts- und Subjektssatzes mit besonderer Berücksichtigung der Dichtungen Hartmann von Aues.

Von der philosophischen Fakultät der Universität Rostock genehmigte Promotionsschrift

von

Karl Peters,

Dr. phil.

Güstrow.

Druck der Ebert'schen Rathsbuchdruckerei.

1877.

1. Kapitel.

1. Aus der ganzen Reihe mittelhochdeutscher Schriftwerke sind wohl keine geeigneter, grammatischen Untersuchungen als nächste Grundlage zu dienen, als die Dichtungen Hartmann von Aues. Denn vor allen andern bieten gerade sie den allgemeinen Typus feiner, ausgebildeter höfischer Sprache dar, ohne die glänzenden Vorzüge, aber auch ohne die entweder aus Mangel an Kunst oder aus Künstelei hervorgegangenen Schwächen, die wir bei gleichzeitigen Werken wahrnehmen. Vergebens wird man bei Hartmann nach auffälligen individuellen Eigenheiten suchen, und wie schon nach der lautlichen Seite seine Sprache sich frei hält von dialektischen Besonderheiten, so wird man ihr auch nach der syntaktischen Seite hin das Lob des Allgemeingültigen und vorzugsweise Klassischen nicht vorenthalten können. Dies gilt nun allerdings zunächst nur von den reiferen Werken, dem Gregor, Armen Heinrich, Iwein, indeß wenn der Erek und die Büchlein so bedeutend hinter diesen zurückstehen, so ist dabei nicht außer Acht zu lassen, wie mangelhaft die Ueberlieferung dieser Dichtungen ist. Vielleicht gelingt es der Kritik, auch diese noch reiner und edler herzustellen. Daß hier auch von rein grammatischen Gesichtspunkten aus noch Manches gethan werden kann, wird sich im Folgenden ergeben.

2. Die folgenden Untersuchungen werden sich nun mit der Syntax des Objekts- und Subjektssatzes zunächst bei Hartmann von Aue beschäftigen. Da die Namen Objekts- und Subjektsatz aber oft zur Bezeichnung von Sätzen ganz verschiedener Art gebraucht werden, wird es nöthig sein erst festzustellen, wie sie hier verstanden werden sollen. Zugleich und im Zusammenhang damit möge es

mir erlaubt sein, noch einige andere Ausdrücke zu erörtern, deren ich mich später bedienen muß.

3. Satz ist der sprachliche Ausdruck der Verstandes= oder Willensthätigkeit des menschlichen Geistes, eines Urtheils oder eines Begehrens. Das dritte der geistigen Vermögen, das Gefühl, kann unmittelbaren sprachlichen Ausdruck finden nur in Interjektionen. Demnach zerfallen zunächst alle Sätze in Urtheils= und Begehrungs=sätze. Aber nicht jeder Satz, in dem ein Begehren ausgesprochen ist, ist wirklich ein Begehrungssatz; dies kann mittelbar auch durch einen Urtheilssatz ausgedrückt werden. Begehrungssätze sind z. B. sît willekomen! nu enwelle got! aber Urtheilssätze ir sult wille-komen sîn! daz ensol niht wellen got!

Jeder Satz besteht wenigstens aus zwei (nothwendigen) Bestand=theilen: Subjekt und Prädikat. Für eine bestimmte Form des Prädikats aber kommt nach als dritter nothwendiger Bestandtheil hinzu das Objekt, und zwar kann dies sein ein akkusativisches, dati=visches, genitivisches oder präpositionales.

Diese nothwendigen Bestandtheile des Satzes können nun wieder näher bestimmt und erklärt werden und zwar das Subjekt, Objekt und substantivische Prädikat durch Attribut oder Apposition, das verbale Prädikat durch adverbiale Bestimmungen, welche temporal, lokal, modal sein können.

4. Ein Satz, in dem alle Bestandtheile, nothwendige wie erklärende, durch einzelne Wörter gebildet werden, wird ein einfacher Satz genannt; wird ein, oder werden mehrere Bestandtheile durch Sätze ausgedrückt, so entsteht ein zusammengesetzter Satz; und zwar nennen wir den Satz, zu dem die übrigen Bestandtheile bilden, den Hauptsatz, diese Nebensätze. Von den Theilen des Satzes kann nur das Prädikat nicht durch einen Nebensatz vertreten werden.

Wenn wir nun die Nebensätze mit dem Namen des Satztheils, den sie vertreten, bezeichnen, so erhalten wir: 1) Subjekts=, 2) Ob=jekts=, 3) Attributiv=, 4) Adverbialsätze. Von diesen können wir die beiden ersteren, weil sie einen nothwendigen Bestandtheil des Hauptsatzes bringen, ergänzende, die beiden letzteren erklärende Nebensätze nennen. Eine besondere Klasse appositiver Sätze brauchen wir nicht anzunehmen, sondern diese können entweder als Subjekts= oder als Objektssätze angesehen werden. Das empfiehlt sich besonders für die mhd. Syntax, weil im Mhd. die meisten ergänzenden

Nebensätze, indem sie durch ein Pronomen oder Wort allgemeiner Bedeutung im Hauptsatz vorbereitet, oder wiederaufgenommen werden, der Form nach als appositive Sätze auftreten, daß aber Nebensätze wie er des jach, daz nie kaeme und er jach daz nie kaeme in der Behandlung nicht zu trennen sind, ist klar.

5. Als Subjekts= und Objektsätze sind also zunächst nur die Sätze zu bezeichnen, welche wirklich in ihrer Totalität, als untrennbare Ganze, als Subjekt oder Objekt zu einem Prädikat gehören; ein Subjektssatz ist nur zu statuiren, wo wirklich von dem Satz als solchem etwas ausgesagt wird, ein Objektsatz, wo auf den Satz als solchen eine Thätigkeit bezogen wird. Nicht also Subjektssätze sind Sätze wie: „wer die Nachricht zuerst bringt, soll belohnt werden“, nicht Objektssätze sind Sätze wie: „ich kenne den, der die Nachricht brachte“, sondern dies sind Attributivsätze zu einem Subjekt, resp. Objekt, denn im Hauptsatz ist Subjekt „der“, Objekt „den“ und diesen sind die Nebensätze unter=, nicht beigeordnet. Ein Subjektssatz ist aber „wer die Meldung brachte, (das) ist mir unbekannt“, ein Objektsatz „ich weiß (das), daß er die Meldung brachte“.

Anm. 1. Als Objektssätze im weiteren Sinne können wir bezeichnen und werden im Folgenden berücksichtigen auch die Nebensätze, welche von einem Substantivum abhängen, das von einem eines Objekts fähigen Verbum abgeleitet ist.

Anm. 2. Als Subjekts- und Objektssätze werden wir auch die Nebensätze ansehen, welche nach der eigenthümlichen Konstruktionsweise des Mhd. anstatt von einem Verbum von dem dieses begleitenden niht abhängen (z. B. ich enweiz des niht, ob liep nâch leide geschehe), weil diese Sätze, wenn auch nicht der grammatischen Form, so doch dem Werthe nach jenen vollständig gleichstehen.

2. Kapitel.

Formen der Objekts- und Subjektssätze.

1. Objekts= und Subjektssätze erscheinen in drei Formen: als indirekte Fragesätze, mit daz eingeleitet und ohne Einleitungswort: a) sagete im, waz im sîn sun enbôt, b) weiz ich, dz wîp noch

man süezern schiltkneht nie gewan, c) swuor er engesaehe nie
sô sinnerîche jugent. Ich werde sie im Folgenden der Kürze
wegen nur als erste, zweite, dritte Form bezeichnen.

In den beiden ersten Formen ist die Wortstellung dieselbe wie
in den übrigen Nebensätzen, in der dritten die des Hauptsatzes. Ein
solcher Nebensatz kann sich also nur durch den Modus als Neben=
satz kennzeichnen, kann daher auch nie vorkommen, wo der Sprach=
gebrauch indikativische Objekts= oder Subjektssätze verlangt. In
Stellen wie Iwein*) 1193 ich weiz wol, des engalt ich u. a. ist
der zweite Satz kein Objektssatz, sondern ein unabhängig beigefügter
Hauptsatz als Vertreter eines Objektssatzes (Vgl. Kp. 3,1). Die
dritte Form kommt ebenfalls auch nicht vor als Begehrungssatz (bei
Hartmann wenigstens überhaupt nicht und sonst wohl äußerst selten),
ausgenommen nach den Verben, die ein abundirendes ne im Neben=
satz verlangen. 1 B. 16 sî sprach, er solte si's erlân, ist der
Nebensatz Urtheilssatz, vergl. Kp. 1, 3. Iw. 2115 er wolte, waere
ez nû geschehen sind zwei Hauptsätze. Ebenso Er. 3911 nû râte
ich iu wol, ir volget mîner lêre, wo ir volget Imperativ ist.
Das Pronomen beim Imperativ findet sich auch sonst, wenn auch
nicht so häufig bei Hartmann als bei andern, z. B. Gr. 3796.
Er. 3843. 3919. 4014. 5460. Iw. 1229.

2. Was nun die Wortstellung des abhängigen Satzes betrifft,
die, wie oben gesagt, für die erste und zweite Form gilt, so unter=
scheidet sie sich von der des Hauptsatzes, die für die dritte Form
gilt, besonders durch die Stellung des Verbums. Während für den
Hauptsatz die regelmäßige Stellung ist

Subjekt	Prädikat	Objekt	Adverbium
dîn wünschen	hilft	dich	niht,

so tritt im Nebensatz das Verbum ans Ende:

Subjekt	Objekt	Adverbium	Prädikat
daz sî	dieselben raete	von in selben herzen	taete.

Ist die Form des Verbums eine mit sîn oder haben gebildete, so
schließt im Nhd. im Hauptsatz das Participium, im Nebensatz das
Hülfsverbum:

---

*) Ich citire Hartmann nach Bechs Ausgabe. 2. Auflage 1870. 1873.

Subjekt. Verbum¹. Objekt. Adverbium. Verbum².

Subjekt. Objekt. Adverbium. Verbum². Verbum¹.

Im Mhd. pflegt aber auch im Nebensatz das Hülfsverbum dem Participium voranfzugehen:

Subjekt. Objekt. Adverbium. Verbum¹. Verbum².

z. B. Gr. 2752. 3320. Iw. 996. 6898. Er. 828. 1255. 8784. 9880. 1 B. 1405. Doch finden sich auch zahlreiche Beispiele vom Gegentheil z. B. Iw. 4433. Gr. 3135. Er. 5645. Vergl. Leh= mann, Sprachliche Studien zum Nibelungenlied II, pg. 15 Anm.* Ebenso ist es, wenn das Prädikat aus einem Verbum mit davon abhängigem Infinitiv besteht; auch hier läßt das Mhd. auch im Nebensatz das Verbum dem Infinitiv vorausgehen, z. B. Iw. 2279. L. I 4 a 58. 2 B. 255. AH. 158. Er. 6013. Ein Beispiel der nhd. Wortstellung ist 1 B. 401. Oder wenn das Prädikat aus einem Adjektiv oder Substantiv und der Kopula besteht: z. B. AH. 682. 1 B. 813. Gr. 1322. 3636. Er. 4721. Iw. 4329. Doch scheint hier die nhd. Wortstellung auch im Mhd. häufiger zu sein: z. B. Iw. 5274. Gr. 3689. 1 B. 476.

3. Nun hat aber die deutsche Sprache zu keiner Zeit ihre Wortstellung an so strenge Gesetze gebunden, daß sie ihre Freiheit aufgegeben hätte. So finden sich denn auch fast alle möglichen Ver= tauschungen und Inversionen (Vgl. Becker, Organism. pg. 592 ff.): nur wird wohl kaum noch für das nhd. Sprachgefühl die für den abhängigen Satz charakteristische Wortstellung im unabhängigen Satz erträglich sein*). Die mhd. Dichter haben sie aber durchaus nicht verschmäht. Iw. 1015 ir ietweder sîn sper durch des andern schilt stach. Gr. 1945. Besonders im Erec sind die Beispiele überaus zahlreich: 808. 2472. 2792. 3549. 3824. 4312. 4434. 4480. 4485. u. v. a. Eigenthümlich ist, daß diese abnorme Stellung gerne nach voraufgehendem waene eintritt. Iw. 1740 ich waene, ir swaeren tac von hinnen tragt. 1 B. 791 jâ waene ich, ie dehein man âne kumber liep gewan. 472. Er. 388. 3842. 4073. Demgemäß findet sie sich denn auch zuweilen in Objekts=Sätzen der

---

dritten Form, aber nur nach waenen und dreimal nach fürchten.
L. I 10,6 dâ wânde ich staete fünde. 1 B. 1775. Er. 344.
Iw. 842. 1628. 2460*) 1 B 291 sô fürchte ich, sî mirz ouch tuo.
Er. 6976. Iw. 2161.

Nach Becker (a. a. O. pg. 590) soll sich diese Stellung im
Ahd., Mhd. und Angelsächsischen häufiger finden, besonders „bei Pro-
nominen, Zahlwörtern und anderen Formwörtern" und „im Allgemeinen von dem logischen Werthe des Objekts" abhängen. Das Letztere
kann ich bei Vergleichung ähnlicher Stellen mit regelmäßiger Wortstellung (z. B. Er. 3890. AH. 1018. 1 B. 1189. Iw. 5586) kaum bestätigt
finden. Sie scheint zu Hartmanns Zeit wenigstens schon als unan-
genehm empfunden und nur durch Mangel an Herrschaft über die
Sprache veranlaßt; wie sie sich bei Hartmann nirgends in dem Maße
wiederfindet, als in seinem Jugendwerk, dem Erec. Merkwürdig
aber bleibt, daß sie, auch wo sie sonst vermieden wird, nach waenen
häufiger eintritt.

4. Wenn wir also die Fälle, wo ein Objektssatz der dritten
Form, der die Wortstellung des Hauptsatzes haben soll, diejenige des
Nebensatzes hat, als eine Unregelmäßigkeit bezeichnen müssen, die
sich auch im Hauptsatz nachweisen läßt, — so beruht andererseits
der umgekehrte Fall, daß ein mit daz eingeleiteter Nebensatz die
Wortstellung des Hauptsatzes hat, auf einer Inversion, die auch im
Nhd. noch durchaus nicht selten ist. L. I 6 a 13 bite in, daz er
wende sînen stolzen lîp. 1 B. 16. 2 B. 401. Gr. 1166. AH.
454. Iw. 2374. Er. 260 u. ö.

5. Daß Objektssätze verschiedener Form nebeneinander stehen,
ist nicht gerade häufig, weil stilistisch hart und erscheint selten anders
als in längerer oratio indirecta. Besonders hart ist der Uebergang
von einer indirekten Frage zu einem Nebensatz ohne Einleitungswort
in einem kürzeren Satzgefüge, wie er wohl nur vorkommt Er. 6834.
begunde sagen, wie der grâve waere erslagen und daz hete ein
tôter man getân; aber er malt hier schön die Aufregung des Mel-
denden über das unerhörte Ereigniß. Alle drei Formen finden sich
nebeneinander Iw 1062 ff gedâht Iwein, ob er in niht erslüege,
(2) daz ez im danne ergienge, als . . ., und (1) waz im sîn arbeit

---

*) Ebenso Nib. 279, 1, 1. 283, 1, 2. 324, 1, 4. 340, 6. 4. (Zarnke).
Walth. 114, 10, 65, 18 (Pfeiffer) Gottfr. Trist. 285. (Bechstein).

tôhte, sô er .. enmöhte, (3) sô spraeche er im an sîn êre. Ueber=
gänge von einem mit daz eingeleiteten Nebensatz zu einem ohne
Einleitungswort finden sich z. B. Greg. 1103 ff. Iw. 3850 f. Der
umgekehrte Fall z. B. Gr. 1773 ff. 562 ff. Er. 149 fl. Beibe=
halten wird die Form auch in längerer oratio indirecta z. B.
Gr. 901 ff.

6. Anakoluthische Uebergänge von mit daz begonnenen Sätzen
in die dritte Form, die sich sonst häufiger finden, besonders wenn
ein Konditionalsatz zu dem Objektssatz gehört und ihm voraufgeht,
kommen bei Hartmann, der überhaupt das Anakoluth nicht liebt,
wohl nicht vor.

3. Kapitel.

Vertreter des Objekts- und Subjektssatzes.

Als Vertreter eines Objekts= oder Subjektssatzes erscheinen der
unabhängige Satz, der Infinitiv, das Participium, indem entweder
die Unterordnung nicht vollzogen (sondern was in einem Nebensatz
ausgedrückt werden sollte, selbständig dem Hauptsatz als Hauptsatz
beigeordnet wird), oder derartig durchgeführt wird, daß der Neben=
satz überhaupt seine Existenz als Satz verliert.

1. Ein unabhängiger Satz steht für einen Objektssatz zunächst
nach Verben des Sagens, wenn die gesprochenen Worte in direkter
Rede wieder gegeben werden. Auch nach Verben des Denkens findet
sich oft auch bei ganz kurzen Sätzen das Gedachte in direkter Rede
wieder gegeben, z. B. Iw. 1425 er gedâhte: „wie gesihe ich sî?"
3301. 5972. 6556. Er. 263 f. 9190. Die oratio indirecta ist
durchaus nicht poetisch und längere Beispiele derselben finden sich nur
im Gregor: 568—590. 899—919. 1772—1780. 2027—2052.
Sonst vermeidet Hartmann sie, indem er entweder das regierende
Verbum wiederholt oder durch ein synonymes wieder aufnimmt, wo=
durch eine Reihe paralleler Satzgefüge entsteht, oder aus der indi=
rekten Rede in die direkte übergeht. Iw. 2808 ff. er giht ez sî

des hûses site, ist er êlîche gehît, daz er danne für die zît sül
weder rîten noch geben; er giht, er süle dem hûse leben . . .
und swaz er warmes angeleit, dz giht er sî des wirtes kleit.
Iw. 3440 ff. diu vrouwe gebôt ir . . ., dz sî in allenthalben niht
bestriche; wan dâ er die nôt lite, dâ hiez sî in strîchen an: (und
sagte) sô entwiche diu suht dan . . . ; dâ mite ez genuoc möhte
wesen, daz hiez sî an in strîchen. Er 1121 ff: und sagte im vil
rehte, wie ez desselben tages ergie; sî sprach: „geselle, ich wil
dir klagen etc“. 8467 ff. 1 B 487 ff: ich bite dich, daz dû
lâzest dinen spot, und gebiut dînem munde! Gr. 974. 2022 ff.
(sie sprachen) ez waere ein grôz lant mit einem wîbe unbewart:
„und het wir einen herren, sô möht uns niht gewerren“. So
Bech nach Handschrift A. Paul*) hat nach E G heten sî und in
geschrieben, womit sich Egger (Beiträge zur Kritik und Erklärung des
Gregorius pg. 31) einverstanden erklärt; aber es ist wohl kaum
nöthig, von A abzugehen, um so weniger, da die Lesart von E G
wie eine Korrektur aussieht. Ein Seitenstück bietet aber auch die
Lesart von A Iw. 958 er sagte, daz er im . . leite: er wolde ze
velde rîten: „nûne lâ dir niuwet sîn ze gâch, unde sich daz dûz
wol verdagest!“ Weder Lachmann**) noch Bech haben dies in den Text
aufgenommen; jener erklärt es indeß für „keineswegs unpassend“.
Vielleicht dürfte es aber dem Sinn angemessener sein als das Auf=
genommene. Denn Iwein will bei seinem heimlichen Fortreiten
eben alles Aufsehen vermeiden, und zu dem „sorge, daß es niemand
merkt!“ paßt besser ein „übereile dich ja nicht!“ als ein „beeile dich!“
Umgekehrt kommt wohl zuweilen auch, aber seltener und nur bei Wieder=
aufnahme des regierenden Verbums ein Uebergang von direkter Rede zu
indirekter vor. Er. 462 ff. der alte sus sprach: „in erkennet . . .“
und sagte sîn geverte gar, und daz er komen waere. A H. 544
und sprâchen: „sich, waz wirret dir? . . .“ sus begunden sî sî
sträfen, waz in diu klage töhte etc. 970. Er. 3626. Aber es
scheint mir sehr bedenklich, mit Bech einen so unvermittelten Ueber=
gang anzunehmen, wie er ihn Er. 6990 ff statuirt: er sprach: „sît
willekomen, herre, und saget ob iu iht werre!“ ode waz waere
diu geschiht. Und ein zwingender Grund für diese Annahme liegt

---

*) Gregorius von Hartmann v. Aue, herausgegeben von Paul 1873.

**) Iwein mit Anm. von Benecke und Lachmann. 3. Aufl. 1868.

durchaus nicht vor, weil wir auch den Nebensatz waz waere etc. können von saget abhängen lassen, wie Haupt*) thut. Der Conj. Praet. waere neben werre hat durchaus nichts Auffälliges, da dies für direktes wirret, jenes für direktes was steht. Vgl. die ähnlichen Beispiele Kp. 6 I, 2. Indeß ist die ganze Stelle entsetzlich matt und scheint verdorben. Vielleicht sind v. 6993. 94. (ode waz waere diu geschiht. Er sprach: „mir enwirret niht;) ganz zu streichen, und ist zu lesen: er sprach: „sît willekomen, herre, und saget ob iu iht werre!" „Ich bin anders wol gesunt, wan dâ ich von iu wart wunt." Ueber die den mhd. Dichtern geläufige Auslassung eines er sprach u. dgl., das die Schreiber dann gerne einflicken, vgl. Lachmann zu Iw. 3637. Eine solche Einschiebung, die dann eine weitere Korruptel nach sich zog, mag auch hier vorliegen.

Auch abgesehen von oratio directa, findet sich oft ein unabhängiger Satz an Stelle eines Objekts- oder Subjektssatzes, besonders im Dialog; die Rede bekommt dadurch Leichtigkeit und Frische. Iw. 491 sage mir, tuont sî dir iht? 487 maht dû mich wizzen lân, waz crêatiure bistû? 1193 ich weiz wol, des entgalt ich. 501 ich sihe wol, sî sint wilde. 702 ich sach wol, im was an mich zorn. 1184 herre, des geloubet mir, ich schiet alsô von dan. 2 B. 787 auch sols bedenken . ., diu wîp vindent niht vil . . . 640 zwâre dâ erkenne ich an, ezn weiz hiure dehein man . . . 1 B. 792 jâ waene, ie dehein man âne kumber liep gewan. — Gr. 1393 iu ist wâr geseit, ez bedarf vil wol gewonheit . . . A H. 112 an hern H. wart wol schîn, der in dem hoehesten werde lebet, derst der versmaehete vor gote. Beim Begehrungssatz findet sich dies im Ganzen seltener; z. B. L. I 4 a 54 ichn gerte nihtes mê, wan müese ich ir als ê ze vrouwen jehen. 1 B. 1372. Iw. 2117. Er. 3911.

Besonders häufig tritt ein Hauptsatz für einen Objekts- oder Subjektsatz ein, wenn ein Konditionalsatz zu diesen gehört und voraufgeht. Iw. 562 ich weiz wol, und bistû niht ein zage, sô gesihestû wol etc. 550. 1278. 1 B. 1621. 2 B. 38. 613. Gr. 1330. 2230. Mit Anakoluth 2 B. 304. ff. einer frowen zimet wol, diu . . einen ritter minnet, . . ob sî . . . gescheide diu

---

huote, den sôl sî in ir muote doch tragen. — Ebenſo nach wan 1 B. 1372 ichn weiz waz ich dir sagen sol, wan dû tuo rehte. L. I a 54. 2, 9. Iw. 8166.

Wenn von einem Hauptſatz mehrere Objektsſätze abhängen ſollten, ſo iſt es analog dem oben erwähnten Uebergang von indirekter Rede zu direkter häufig, daß ſtatt der dem regierenden Verbum ferneren Hauptſätze eintreten. Iw. 2702 ff. als ouch die wîsen wellen, ezn habe deheiniu groezer kraft danne unsippiu geselleschaft; und sint sî ir muote getriuwe under in beiden, sô sich gebruoder scheiden. AH. 29 ff. er las ditz selbe maere, wie ein herre waere ze Swâben gesezzen; an dem enwas vergezzen . . ; man sprach dô niemen alsô wol etc. Er. 1121. Der umgekehrte Fall iſt äußerſt ſelten und kommt wohl nur Iw. 2138 ff. vor in der haſtigen und aufge= regten Rede der Laudine: sag im, er hât sîn immer danc, und daz ez im lange vrumt.

Anakoluthiſche Uebergänge vom Nebenſatz zum Hauptſatz inner= halb deſſelben Satzes finden ſich Gr. 617 ir wizzet wol, daz ein man, der . . nie gewan, dem ist der munt niht sô gereit. 1856 sihe ich dicke, daz ein man der . . minnet, swenne er . . . gewinnet, vindet er . ., sô dunket er sich harte rîch. Iw. 3408 und weiz daz . . . . ., daz alliu iuwer nôt, die iu Aliers tuot, der wirt iu buoz unde rât. So Bech nach BDE. Lachmann ſchreibt nach A daz ir alle i. n. . . . schiere überwunden hât. Es iſt wohl kaum zu entſcheiden, welche Lesart die urſprüngliche iſt, da jene die Korrektur des rührenden Reims hât: hât, dieſe die des Anakoluths ſein kann. Wenn Lachmann aber das Anakoluth beanſtandet, ſo wird es beſonders durch die ganz ähn= liche Stelle Greg. 617 legitimirt.

2. Der Infinitiv als Vertreter eines Objets= oder Subjektsſatzes.

Mit Recht hat Grimm D@r. IV 91 jeden von Verben abhän= gigen Infinitiv als verkürzten Nebenſatz aufgefaßt; es kommen hier aber nur die Fälle in Betracht, wo der Subjekts= oder Objektsſatz wirklich bei Hartmann neben dem Infinitiv vorkommt; ausgeſchloſſen ſind alſo ſchon zunächſt die nach Hülfsverben ſtehenden Infinitive.

a) Nach wizzen erſcheint eiumal im Erec der Infinitiv aber in einem Fall wo es „können" bedeutet. Er 7138 als ich iu ze sagen weiz. Dieſe im Nhd. geläufige Konſtruktion ſcheint im Mhd. ganz vereinzelt zu ſein; denn weder Grimm (a. a. O. pg. 108) noch das mhd. Wbch. führen mittelhochdeutſche Beiſpiele an. — Fälle wie

enwesten wie gebâren zieht Grimm a. a. O. pg. 93 wohl mit Un=
recht hierher. Vgl. Kp. 4, 1, c.

b) Nach Verben des Denkens und Glaubens. Als Vertreter
eines Urtheilssatzes erscheint der bloße Infinitiv häufig nach waenen.
A H. 96 sô wir aller beste waenen leben. 1 B 368. Iw. 690.
3292. Er. 4427. Nach triuwen Iw. 998 entriut nie mê genesen.
415. 1496. Gr. 1555. Nach wellen Iw. 1263 sî wolten daz gewis
hân. L I 15, 29. — Infinitiv mit ze einmal nach gedenken.
Iw. 706 gedâhte ze lebenne noch.

Als Vertreter eines Begehrungssatzes der bloße Infinitiv und
Infinitiv mit ze nach gedenken Er 3485 sî gedâhten dâ ze
ruowen über tac. 257 er im gedâhte des nahtes belîben dâ.
7797. Gr. 161; nach gern Gr. 2264 ger ich . . wider sînen
willen ze wizzen niht. AH. 1255. Gr. 3820 der gert daran
gewinnen. — Bloßer Infinitiv nach geruochen Iw. 765. 987;
nach wellen Iw. 49. 54. Infinitiv mit ze nach annemen, Iw.
7852 naeme ich mich an ze râtenne; nach gunnen 2 B 337, nach
sich bewegen Gr. 171. Der Infinitiv ist hier die gewöhnliche
Konstruktion, wenn der Objektssatz dasselbe Subjekt haben würde,
wie der Hauptsatz. In diesem Fall kommt der Objektssatz nur vor
Iw. 7140. AH. 1371 und in der mit Recht von Bech (Germ. VII.
4, 756) verdächtigten Stelle Er. 4472.

c) Nach Verben des Affekts. Einfacher Infinitiv kommt vor
nach fürchten. Iw. 1754 des vorhten sî engelten 7452. Er.
2838. 6739. — Ebenso einmal nach verdriezen. 1 B. 685
wie solte dich verdriezen tanzen unde springen. Auch dies scheint
ganz vereinzelt dazustehen, sonst erscheint wohl der Genitiv eines sub=
stantivirten Infinitivs, wie z. B. Er. 5419.

d) Nach Verben des Sagens. Als Vertreter eines Urtheilssatzes
erscheint nur der Infinitiv mit ze nach geloben. Iw. 4582 gelobete
im des staete, ze leistenne swes er baete. Gr. 2057. Er. 1499. 9495.
Gr. 3203 hat Bech geschrieben gelobte .... die barke bereiten. Der
bloße Infinitiv scheint aber hier im Mhd. überhaupt selten zu sein und
kommt bei Hartmann gar nicht vor. Die ganze Konjektur ist indeß
mit Recht schon von Egger (a. a. O. pg. 39 ff) und von Paul
(z. d. St.) aus anderen Gründen beanstandet worden.

Als Vertreter eines Begehrungssatzes der bloße Infinitiv nach
biten. Iw. 185 bitet in sîn maere vol sagen. 416. 482. Er.

3643; nach **gebieten** in paffivifcher Bedeutung Er. 2296 dar ûf er slahen gebôt; nach **heizen** Er. 3536 heizet die vrouwen bîten. Iw. 309. 1216. 1 B. 181, in paffivifcher Bedeutung Iw. 4978 er hiez die brücken nider lân. 5895. Nach heizen erfcheint der Ob= jektsfatz nur neben dem Infinitiv als zweites Glied: Er. 45 hiez sî stille dagen und daz sî in vermite. 5004. 6319. So ift auch wohl zu fchreiben 3052 zehant hiez er sî ûf stân und daz sî sich wol kleite.

Infinitiv mit ze nach **râten** Gr. 3771.

e) Nach Verben der finnlichen Wahrnehmung erfcheint bloßer In= finitiv und zwar nach **sehen.** Iw. 287 als er mich zuo ime sach rîten 312, mit paffivifcher Bedeutung Er. 3360 sol ich den slahen sehen? Iw. 1305; nach **hoeren** 1 B 723 mich hoeret nie kein man klagen. Iw. 800, mit paffivifcher Bedeutung Iw. 548 ich gehôrt selhes nie niht sagen. 5797; nach **vernemen** mit paffivifcher Bedeutung Er. 2826. Enîte vernam sô grôze tugent zeln Erecke; nach **finden.** Iw. 629 dô ich daz ros hangen vant. 884.

f) Nach Verben des Bewirkens erfcheint bloßer Infinitiv und zwar nach **tuon:** Er. 3880 manege kumberliche zît tuot er mich lîden. 2718. Iw. 1679. 7825; nach **helfen** Iw. 2183.

g) Nach ez geschiht Infinitiv mit ze. 1 B. 1404 des ir ze fürchtenne geschiht, „darum geschieht es, daß fie fich fürchtet". Iw. 4872. 6652. 7857; mit paffivifcher Bedeutung Er. 1291. daz er ze lobenne soll geschehen. Gr. 1095.

Unzweifelhafte Fälle eines Accus. cum Inf. giebt es bei Hart= mann nicht; immer bleibt es möglich, den Akkufativ zum regierenden Verbum zu ziehen.

3. Das Participium als Vertreter eines Objekts= oder Subjekts= fatzes erfcheint

a) nach wizzen: Iw 4066 den ich lebende weste. Er. 7118 dâ er sî bewart weste.

b) nach dünken: Er. 5272 ditz dûhte se alle missetân. 8847. 8269 ff.

c) nach zeln: einmal, Er. 6766 den ich geslagen hân gezalt.

d) nach Verben der Wahrnehmung fehr häufig: Iw. 3438 diu in noch slâfende vant; 3459. 1261 vunden daz ros halbez abe geslagen. — Er. 801 dâ er sî weinende sach. 5604 als in diu guote berunnen sach.

e) nach tuon: Iw. 5124 tuot im daz erkant. Er. 471. 3612.

Es liegt sehr nahe, die Fälle, wo das Part. Praet. in passivischer Bedeutung erscheint, auf den Infinitiv zurückzuführen (Grimm a. a. O. pg. 130); und wirklich ist der zusammengesetzte Infinitiv hier außerordentlich selten; bei Hartmann findet er sich wohl nur Er. 9039 sihe ich in gewâfent sîn.

f) nach ez ist guot u. ä. 1 B 978 ez waer under friunden guot verlân. 397 daz mir bezzer waere mit êren gewunnen der tôt. Iw. 7308. Gr. 2572. AH. 606. 1015. Er. 5070 jâ ist ein friunt bezzer vlorn bescheidentlîchen unde wol dan behalten anders danne er sol. 8778. Diese im Nhd. verschwundene Konstruktion ist im Mhd. sehr häufig. Eine doppelte Kürzung liegt vor 1 B. 238 dûhte sî verlorn baz.

4. Kapitel.

Ellipsen.

1. Ellipsen des Hauptsatzes.

a) Streng genommen weniger auf einer Ellipse als auf einer Konstruktion nach dem Sinn beruhen Fälle, wo aus einem voraufgehenden Wort allgemeineren oder verwandten Begriffs ein Verb des Sagens oder Glaubens muß entnommen werden. Gr. 514 nû wurdens alsô drâte under in ze râte, wie ez verholn möhte sîn; ditz schoene kindelîn daz waere schedelîch verlorn. Er. 2846 het sich ir muot der zweier zwîvel eins bewegen, daz ir ze manne waere ein degen lieber danne ein zage. 9974. AH. 884. — AH. 682 mich lobet man und wîp, ich sî daz schoeniste kint etc. Er. 6363. sante er, daz sî ze tische gienge. 1894. 3087. 6434. 9751. So ist öfter aus einem voraufgehenden biten oder heizen ein sagen zu entnehmen, z. B. Gr. 2029 ff. A H. 568 ff. Iw. 3446. — Ob auch sonst, wie bei direkter Anführung der Rede häufig ist, vor indirekter Rede das regierende Verbum des Sagens ausgelassen wird, ohne daß ein Verbum verwandten Begriffs vorausgeht, ist nicht sicher. Gr. 2022 hat Laßmann wohl aus metrischen Gründen das handschriftliche si sprachen, das Paul beibehält, gestrichen.

Hierher gehören auch die mit daz eingeleiteten Sätze nach entrinwen und sô helfe mir got. Er. 4067 entriuwen, daz ich daz wol. 1 B 1423 ich bite got mir helfen sô, ... daz ich nie gewan. Gr. 3554. Er. 568.

b) Durch eine Ellipse sind zu erklären die bei den mhd. Dichtern, besonders bei Wolfram beliebten indirekten Fragen zur Weiterführung der Erzählung. Zahlreiche Beispiele hat Grimm IV 76 f. angeführt, der aber das Vorkommen bei Hartmann läugnet. Sie finden sich bei diesem allerdings auch nur selten und nur in der letzten Hälfte des Erec 5385 waz ir wer waere? 8945 welch ir roc waere? 8774 wâ von daz waere? Nicht nothwendig so aufzufassen ist Er. 6555 wâ sî die freude möhte nemen, daz muget ir gerne vernemen! wo Haupt nach nemen ein Fragezeichen setzt. Diese Fälle sind zu erklären etwa nach Er. 7286 vrâget iemen maere, ob ez schoener waere. 7144 u. a. Solche vollständige Beispiele scheinen zu beweisen, daß wir hier wirklich einen Objektssatz, zu dem der Hauptsatz sich leicht ergänzt, anzunehmen haben, und demgemäß der Konjunktiv zu erklären ist. Grimm a. a. O. scheint diese Sätze als Hauptsätze aufzufassen. Der Konjunktiv soll dann hier als Wunschmodus stehn, in so fern sich die Spannung des Zuhöres in ihm kundgiebt, die Befriedigung verlangt. Ebenso unrichtig scheint es mir, wenn Grimm diese Fälle mit Fragen, wie wâ waere der? (Iw. 1806) zusammenstellt. Diese geben sich jenen gegenüber schon durch die Stellung als Hauptsätze kund und zeigen auch, während in jenen Conj. Praes. so gut wie Conj. Praet. erscheint, stets den Conj. Praet., der hier seiner Bedeutung im einfachen Satz gemäß (vgl. Kp. 5 I, 1) der Frage den Sinn giebt: „er ist nirgends". Solche (rhetorische) Fragen haben wir im Nhd. ebenfalls, aber jene elliptischen indirekten Fragesätze werden sich wohl kaum noch finden, wenigstens nicht konjunktivisch.

c) Auf einer kaum gefühlten Ellipse beruhen auch die sog. adverbialen Fragesätze oder „Nebensätze der fragenden Handlung". Iw. 7282 begunde kêren bete unde sinne, ob er deheine minne funde. 3047. Er. 7493 swîc, ob ich ez errâte. 9001. AH 1084. Gr. 145. 810. 1937. 2267. 1 B. 21. Die Handlung des formellen

Hauptsatzes ist geschehen oder soll geschehen, um zu sehen, zu erfahren, was der Nebensatz aussagt. swic, ob ich ez errâte ist = „schweige und laß uns sehen, ob ich es errathe". Vollständig ist z. B. Er. 6780 ez was durch versuchen getân, ob sî im waere ein rehtez wîp.

d) Von einem zu ergänzenden Verbum des Wünschens oder Bittens hängen ab mit daz eingeleitete konjunktivische Wunschsätze wie Iw. 794 daz sî got iemer schowe! 3668 daz daz ros unsaelec sî! 4214. 5910. 1 B. 276. 1368. Gr. 2636. AH. 458. Er. 3774. 5919. 6411. Iw. 6660 daz imz doch got niht lône! Er. 476. 2 B. 301. So wird auch wol zu interpungiren und konstruiren sein Iw. 7569 daz sich dehein mîn êre mit iuwerm laster mêre! des prîses hân ich gerne rât, des mîn vriunt laster hât. Seltener wird diese Form als Bitte oder milder Befehl gebraucht. Er. 4739 n einâ, ritter vil guot, daz mir daz ros hie bestê! 3206. Iw. 5117 wechselt ein solcher Satz mit Imperativen und suln. Man könnte geneigt sein, diese Sätze als Hauptsätze und daz als Wunschpartikel zu fassen. Das verbietet aber wohl die Wortstellung, die immer die des untergeordneten Satzes ist.

e) Ein regirendes Verbum des Wunderns ist zu ergänzen vor indikativischen Sätzen wie Iw. 1571 daz sî ie sô diemüete wart! 6601 daz sî noch niemen überwant!

2. Ellipsen des Nebensatzes.

a) Es erscheint zuweilen an Stelle eines Objekts- oder Subjektssatzes ein Konditionalsatz (einschließlich der mit swer etc. eingeleiteten Sätze). Er 5969 und niht vertragen kunnen, sôir dinc vil schôn e stât. Gr. 140 im ist leit, swâ iemen guot geschiht. Iw. 7147. swer gerne giltet, daz ist guot. 2489. 2872. 4336. 7573. Er. 722. 3747. 3927. 8569. 1 B. 1665. AH. 245. L I. 15, 14. Besonders häufig findet sich das nach Verben des Affekts. In allen diesen Fällen fehlt der wirkliche Objekts- oder Subjektssatz und ist aus dem Konditionalsatze zu entnehmen; vollständig würde es heißen müssen: niht vertragen kunnen, daz ir dinc vil schône stât, sô ir dinc vil schône stât; im ist leit daz iemen guot geschiht, swâ iemen guot geschiht. Die umgekehrte Ellipse, das Auslassen des Konditionalsatzes, ist seltener; so aber z. B. Er. 7475 daz ich iu rehte seite, wie daz erziuget waere, daz wurde ze swaere.

Bemerkenswerth scheint, daß auch diese Erscheinung im Griechischen häufig ist, während sie im Lateinischen wohl verhältnißmäßig seltener vorkommt.

b) Zuweilen erscheint an Stelle einer indirekten Frage nur das einleitende Fragewort, wo dann der Rest des Satzes leicht zu ergänzen ist. Am einfachsten sind Fälle wie Er. 9335. saget mir von wannen ir sît oder wer. Auf demselben Grunde beruhen aber auch härtere Ellipsen. Iw. 1460. ouwê, wie bistû mir benomen! ichn weiz warumbe ode vie. 1180. 2207. 2716. 3031. 3036. 3218. 7757. Er. 2362. ein getriuwe wandelunge ergie, unde sage iu rehte wie. 4930. 5289. 6611. 7439. 6126. ir ze heile reit er durch den walt; nâch wiu, desn ist mir niht gezalt. Etwas anderes ist Gr. 3721. nû saget, wie! getriuwet ir doch . . .? „sagt, wie ist es? getrauet Ihr Euch?

Seltener ist, von dem Fragesatz noch mehr erhalten als das Fragewort; so z. B. 1 B. 1518 sî wil mir wol gevallen, ichn weiz wie in allen.

Ein solde ist zu ergänzen 1 B. 182. daz taete ich gerne, weste ich wie, und iu enwesten wie gebâren = wie sî solden gebâren. Iw. 2256. AH. 1420.*)

Eigenthümlicher Art sind elliptische Fragesätze, wie Er. 7989. solde ich fürchten, ine weiz waz. Iw. 127. ir hât iuch angenomen irne wizzet hiute waz. Haupt hat in der ersten Stelle das alterthümliche, aber auch im späten Mhd. wieder häufiger erscheinende neizwaz (vgl. Grimm Gr. III. pg. 72. f. Haupt z. D. St.; zu den angeführten Beispielen kann noch hinzugefügt werden Gudr. Bartsch 1563, 2.) in den Text gesetzt, hier wol ohne zwingenden Grund; aber Er. 9688. ist kaum ohne diese Form auszukommen. Die Handschrift bietet ich enweis wie der munt, ir herze sanc, wofür Haupt schreibt neizwie der munt, ir herze sanc. Die Konjektur in sweic der munt etc. (Pfeiffer-Bech) ist sehr ansprechend und gefällig, aber in dem Grade, daß eine Verderbung der Stelle kaum zu begreifen wäre.

---

*) Grimm u. A. ziehen diese Fälle zu den Infinitivkonstruktionen. Indeß es scheint mir zunächst schon unmöglich und ganz ohne Analogie, daß der Infinitiv von dem regierenden Verbum durch ein Fragepronomen getrennt wird. Ferner sprechen für die vorgeschlagene Ergänzung ähnliche neuhochdeutsche Beispiele wie: „was thuu?“ „wie das herstellen?“ wo doch gewiß nicht zu ergänzen ist: „ich weiß nicht, was thun?“ sondern: „was soll ich thun?“

5. Kapitel.
Die Modi im Objekts- und Subjektssatze.

I. Allgemeines.

1. Modi sind in der Verbalflexion vorhandene Ausdrucksformen für die ψυχική διάθεσις des redenden (nicht des grammatischen) Subjekts. Die deutsche Sprache besitzt 3 Modi: Indic., Conj. Praes. (Conj.), Conj. Praet. (Optat.)*). Durch den Ind. wird das Ausgesagte als der Wirklichkeit entsprechend hingestellt, durch den Conj. Praes. als rein gedacht mit „der Tendenz zur Wirklichkeit", durch den Conj. Praet. als rein gedacht mit der Tendenz zur Nichtwirklichkeit. Auf diese Grundbegriffe läßt sich die Bedeutung der Modi im unabhängigen Satz zurückführen, wenn man zugleich Anknüpfungspunkte für den Gebrauch im Nebensatze im Auge behalten will.**) Von diesem auszugehen aber, wie vielfach geschehen, ist schon deßhalb verkehrt, weil der Nebensatz überhaupt jünger ist als der einfache Satz und erst einer Periode höherer sprachlicher Entwickelung angehört.

---

*) Infinitiv und Participium wird jetzt wohl niemand mehr zu den Modis rechnen. Das Part. stellt sich von vornherein als eine Nominalbildung aus dem Verbalstamme dar und auch der Inf. ist als der erstarrte Kasus eines Verbalsubstantivs nachgewiesen. Vgl. Jolly, Geschichte des Inf. im Indogermanischen. Aber der Imperativ muß ebenfalls aus der Reihe der Modi gestrichen werden; er ist nur eine Parallelform des Indikativ. Diesem steht er zunächst schon dadurch gleich, daß er nicht wie der Opt. und Conj ein Moduselement zwischen Stamm und Personalendungen hat und auch diese letzteren enthalten im Grunde nichts von denen des Ind. Abweichendes; nur sind sie stärker gekürzt, was in der Bedeutung der Form vollständig begründet ist. Demnach bezeichnen beide dieselbe Modalstufe, finden aber andere Verwendung: der Indic. im Urtheilsatz, der Imp. im Begehrungssatz. Vgl. Schleicher, Komp 268. 288.

**) Diese verliert man vollständig, wenn man z B. die weitverbreitete Annahme einer ursprünglich konditionalen Bedeutung des Conj. Praet. will gelten lassen; durch welche man außerdem genöthigt wird, eine Menge höchst schwerfälliger Ellipsen zu statuiren. Hingegen erklärt sich der Gebrauch des Conj. Praet. auch in den sog. unvollständigen Konditionalsätzen sowie beim unerfüllbaren Wunsch vollkommen ungezwungen ohne Weiteres von der oben gegebenen Grundbedeutung aus.

Der Unterschied zwischen Conj. Praes. und Conj. Praet. ist also wie er (abgesehen von einer bald zu erwähnenden Ausnahme) im unabhängigen Satz noch stets erscheint, ein rein modaler, nicht temporaler.

Darauf weist auch die Bildung der Formen hin: in deutschen Dialekten wenigstens erscheint noch ganz deutlich im Conj. Praes. als modusbildendes Element das indogermanische Konjunktivzeichen a, im Conj. Praet. das Optativzeichen i, und was das Gothische betrifft, so hat Westphal (Philof.-hist. Gr. der dtsch. Spr.) behauptet, daß das au in der 1. P. Sg. Conj. Praes. = amu eine konjunktivische, das jau des Conj. Praet.. eine optativische Endung seien, was Tobler in der Ztschr. f. V. u. Sprw. 1869 pg. 487 als „zwar etwas gewagt, aber immerhin nicht unerlaubter als die gewöhnliche Erklärung" bezeichnet.*) Daß nun aber in den germanischen Sprachen der Optativ vom Praeteritalstamm gebildet wird, könnte allenfalls außer dem modalen Unterschied zwischen dem sog. Conj. Praet. und Conj. Praes. noch einen temporalen begründen, — wenn nachgewiesen wäre, daß wirklich von vornherein am Ablaut (denn die einer jüngeren Zeit angehörigen schwachen Verben können hier nicht in Betracht kommen) der Begriff der Vergangenheit haftete. Das ist aber um so weniger möglich, als auch in der Nominalbildung dieselben Ablautsreihen wiederkehren, ohne irgend ein, wenn auch noch so abgeblaßtes Moment der Vergangenheit.

Nun ist jedoch andererseits anzuerkennen, daß der Conj. Praet. neben seiner modalen Bedeutung schon früh eine temporale erhalten hat und als wirklicher Conj. Praet. als Stellvertreter des Conj. Praes. für Vergangenheit auftritt. Die Begriffsvermittelung ist nicht schwierig; es liegt nahe, die Vergangenheit unter dem Gesichtspunkte der Nicht-wirklichkeit aufzufassen.**) Dies erscheint auch schon im unabhän-

---

*) Was Grimm (d. Gr. IV. pg. 72) über die Etymologie der Konjunktive sagt, ist jetzt durchaus unhaltbar. Er erklärt alle germanischen Konjunktive für optativische Formen, da „ihr ai, i dem griechischen οι, ι" entspreche. Aber οι ist gar kein Moduszeichen, sondern entstanden aus Verschmelzen des Bindevokals ο mit dem Moduszeichen ι das auch als ια und ιη noch vorliegt: φερ-ο-ι-μην, λυσε-ια-ς, στα-ιη-ν.

**) Vgl die interessante Abhandlung von Tobler „Uebergang zwischen Tempus und Modus", die sich allerdings zunächst mit den alten Sprachen beschäftigt. Tobler citirt die Worte Mephistos im Faust: Vorbei, ein dummes Wort! Warum vorbei! Vorbei und reines Nichts, vollkommnes Einerlei! Es ist vorbei, was ist daran zu lesen? Es ist so gut, als wär es nicht gewesen.

gigen Satz bei der koncessiven Bedeutung des Conj., die ursprünglich
nur dem Conj. Praes. zukommt. Vgl. Nib. 273, 5, 3 nû rechez,
swer ez welle, ez sî wîp oder man. Wolfr. P. III. 46 ir volc sie
gar für sich gewan, ez waere man oder wîp.

Im Nebensatz ist nun der modale Unterschied bis auf wenige
Reste*) ganz zurückgetreten: im Allgemeinen erscheint der Conj. Praet.
hier nur temporal verschieden vom Conj. Praes. Das gilt auch von
den Objekts= und Subjektssätzen. Aber in einem Sprachgebrauch
hat sich die ursprüngliche modale Bedeutung des Conj. Praet. in
ihrer ganzen Ausdehnung bis ins Nhd. erhalten.

Wenn wir sagen: „Du glaubst, ich wäre besiegt“, so erscheint
der Conj. Praet. hier aus keinem anderen Grunde, als um die Nicht=
wirklichkeit des im Nebensatze Ausgesagten zu bezeichnen. Solche
Beispiele sind: Goethe, Wahrh. u. Dicht. 17. Bch. pg. 159 (Reklam):
denke man aber nicht, daß ich seine Schriften hätte unterschreiben
und mich dazu buchstäblich bekennen mögen. — Ital. Reise (II Neapel,
28. Mai 1787): Der gute und sonst so brauchbare Volkmann nöthigt
mich von Zeit zu Zeit von seiner Meinung abzugehen; er spricht
z. B., daß 30—40,000 Müssiggänger in Neapel zu finden wären. —
Faust I: Bilde mir nicht ein, ich könnte was wissen. — Lessing
(Minna v. B. IV 6): Bilden Sie sich ein. Sie hätten die 2000 Pi=
stolen an einem wilden Abende verloren. — Steffens: Ich wage
nicht zu behaupten, daß das Geistreiche im eminenten Sinne seltener
wäre im südlichen Deutschland. — Jac. Grimm: Er meint, daß
die damaligen deutschen Wörter ... hart und rauh gewesen wären. —
Platen: Es wähnt ein Moralist zur Zeit, du müßtest hin und wieder
mit Deiner Seelen Seligkeit erkaufen Deine Lieder. — Walther 11, 5:
mich müet, daz ich sî hoere jehen, wie holt sî mir entriuwen
w a e r e, und saget mir ein ander maere, des mîn herze minneclîchen
kumber lîdet immer sît. 126 I, 9 er seit daz mîn pferit dem
rosse sippe w a e r e, daz im den vinger abe hât gebizzen; ich swer
daz sî sich niht enkanden. Nib. 44, 7, 3. 347, 4, 3. Heinr. d.
Glich. RF. 1604: seit ir ze hove maere, daz ich boeser wirt waere.
Gudr. 288, 3. Parc. V. 783. Es ist dies eine energische Hervor=
hebung der Nichtwirklichkeit, die nie nothwendig ist, sondern eben
nur möglich, und man wird auch, wo der Nebensatz Nichtwirkliches

---

enthält unendlich viel häufiger den Conj. Praes. nach einem Tempus der Gegenwart im Hauptsatz finden. Jac. Grimm sagt unmittelbar nach der eben angeführten Stelle: wenn Adelung meint, aus Alraun sei alirumnia verfeinert worden, so ist das bare Täuschung; Platen: und der Pfuscher vermeint, er könne das auch. Bei Hartmann findet sich nur ein einziges sicheres Beispiel für diesen Gebrauch des Conj. Praet.: Er. 4761 alsô daz ir mich des erlât, daz ich mich iu nande. Sonst setzt Hartmann auch hier lieber den Conj. Praes.: Vgl. Iw. 2511 nû sprechent ir doch, ir sît vrî, . . . wie schînet daz? 1934. AH. 647. Gr. 2404 iu hât etewer gesagt, daz ich sî ein ungeborn man . . . ., swer er ist, er hât gelogen. Nichts beweisen natürlich Stellen. wo der Conj. Praet. schon aus anderen Gründen stehen konnte (vgl. Kp. 6 II, 1), wie z. B. Er. 6 101. AH. 1325.

Abgesehen also hiervon erscheint der Conj. Praet. im ergän= zenden Nebensatz nur als ein Conj. der Vergangenheit und steht so dem Conj. Praes. vollkommen parallel. Besonders schlagende Bei= spiele dafür sind Nib. 177, 6, 3 ich enbiutez Goetelinde, daz ich nâch Kriemhilde bote welle sîn vgl. mit 177, 7, 3 und enbôt ir, daz er solde dem künege werben wîp und Nib. 49, 4, 1 vgl. mit 50, 3, 2. Wir müssen also bei Untersuchung der modalen Verhältnisse des Nebensatzes von einem modalen Unterschied zwischen Conj. Praes. und Praet. absehen und haben nur den zwischen Conj. und Indic. ins Auge zu fassen.

2. Wenn ein Satz als Objektssatz von einem andern abhängig gemacht wird, hört er strenge genommen auf an und für sich Gel= tung zu beanspruchen, sondern eben nur als Objekt zu dem Verbum des Hauptsatzes. Sage ich: „er ist angekommen", spreche ich eine Behauptung aus; sage ich: „es sagte Jemand, daß er angekommen wäre", behauptete ich nichts mehr von dem Inhalt des Nebensatzes, sondern spreche ihn nur aus als Objekt zu dem Verbum „sagte". Es müssen also, strenge genommen, bei Verwandlung eines unab= hängigen Satzes in einen Objektssatz gewisse Veränderungen in der Modalität vorgehen, es muß statt des Indikativs der Konjunktiv eintreten, um zum Ausdruck zu bringen, daß über die Wirklichkeit des Nebensatzes nichts behauptet werden soll, daß er nur als in Ge= danken existirend hingestellt wird. Eine so straffe Unterordnung widerstrebt aber der deutschen Sprache, wie dem deutschen Geiste

überhaupt: es macht sich auch hier das subjektive Element des deut=
schen Charakters geltend. So bleibt denn der Indikativ im Objekts=
satz, entweder aus Nachlässigkeit und weil eine feste streng logische
Verknüpfung der Sätze verschmäht wird, oder weil die Wirklichkeit,
die Realität des Inhalts des Nebensatzes hervorgehoben werden soll.

Nun giebt es aber auch eine bestimmte Art von Objektsverhältniß,
bei denen selbst Sprachen, welche sonst straff die Unterordnung durch=
führen, den Indikativ festhalten. Dies ist vorhanden, wenn der
Nebensatz ein bestimmtes von dem Redenden nothwendig als wirklich
anerkanntes Faktum enthält, auf welches sich die Thätigkeit des
regierenden Verbs nur bezieht. Die Verknüpfung der Sätze ist in
diesem Falle eine viel losere und der Nebensatz steht dem Hauptsatz
gegenüber viel selbständiger da, ja behauptet oft ein logisches Ueber=
gewicht über ihn. Während ich einen Satz, wie „er sagt, daß der
König hier ist" nie in zwei Sätzen auflösen kann wie „der König
ist hier, und das sagt er", fallen für das Gefühl Sätze, wie „er
meldete zuerst, daß der König angekommen war", „er wunderte sich,
daß der König schon angekommen war", „er freuete sich, daß der
König angekommen war" von selber in zwei solche Sätze aus ein=
ander. In diesem Falle steht im Nebensatz immer der Indikativ.

So können wir denn also aufstellen, daß der Conj. im Objekts=
satz erscheint, wenn dieser ausgesprochen wird nur als Objekt zu dem
Verbum des Hauptsatzes, ohne daß das Urtheil des Redenden sich
einmischt und zum Ausdruck kommt, der Indikativ, wenn der Re=
nende auch den Inhalt des Nebensatzes als wirklich bezeichnen will,
oder aus Nachlässigkeit eine Markirung des Abhängigkeitsverhältnisses
verschmäht. Der Conj. kann also nie für den Indic. eintreten, wohl
aber der Indic. für den Conj. Der Conj. kann nicht stehen, wo der
Nebensatz ausdrücklich als Wirkliches enthaltend will anerkannt sein,
wohl aber der Indic. wo die Garantie für die Wirklichkeit gar nicht
übernommen werden soll.

3. Wir haben bisher aber nur den Fall ins Auge gefaßt, daß
der Objektssatz unabhängig den Indikativ zeigen würde; es ist selbst=
verständlich, daß ein konjunktivischer Satz, wenn er Objektssatz wird,
diesen Modus wahrt. Hieraus folgt nun, daß alle objektiven Be=
gehrungssätze den Conj. zeigen müssen. Denn der Modus des unab=
hängigen Begehrungssatzes ist entweder der Imperativ oder Kon=
junktiv; ersterer kann aber im unabhängigen Satze schon durch den

Conj. vertreten werden, wie ja seine fehlenden Formen auch durch konjunktivische ersetzt sind, und ist in seinem Gebrauch auf den unabhängigen Satz beschränkt. Wenn er im abhängigen Satze erscheint, macht das stets den Eindruck des Anakoluths und solche Fälle sind äußerst selten*). Bei Hartmann findet es sich zweimal 1 B. 737 vernim, waz dû tuo. 1541. Im Nhd. hat sich allerdings auch schon im objektiven Begehrungssatz der Indikativ eingeschlichen; aber im Mhd. ist er auf einen bestimmten Fall beschränkt, der eigentlich auf einer Brachylogie beruht. Gr. 1751 nû riet der wirt dem gaste daz, daz er ir truhsaezen bat. Es ist klar, daß hier mehr gesagt ist als z. B. Er. 3675 untriuwe riet sînen sinnen daz er dar kaeme. Hier wird nur der Inhalt des ertheilten Raths angegeben, dort zugleich das Befolgen des Raths erzählt: riet, daz er bat ist also = riet daz er baete und er bat. Der Indic. ist demnach nur möglich, wo wirklich das Begehren erfüllt wurde, und nach positivem Hauptsatz. Gr. 2706 daz er ir des gunde daz sî nâch lief, vgl. Er. 2125 niht engunde daz er waere. Er. 3096 f. gebôt sînem wîbe daz sî muose für rîten ... und gebôt (Bech: verbôt) ir, daz ze sprechenne ir munt iht ûf kaeme. Das erste Gebot erfüllte Enite, das zweite übertrat sie mehrfach.

4. Da nun Objektssatz und Hauptsatz ein untrennbares Ganze bilden, von denen keines für sich bestehen kann, übt zuweilen die Modalität des Hauptsatzes noch einen bestimmenden Einfluß auf die des Nebensatzes. Man kann diesen Vorgang wohl als modale Assimilation bezeichnen. Wie Attributiv=, Temporal= und andere Sätze, welche z. B. von einem Konditionalsatz abhängen, den konditionalen Modus annehmen können, können dies auch die Objektssätze, deren Verknüpfung mit dem Hauptsatz eine noch viel engere ist. Dies ist ein so natürlicher Vorgang, daß es nur eines Hinweises bedarf. Auffällig aber und speciell dem Mhd. eigen ist eine Assimilation, auf die ich näher eingehen muß. Es ist schon oben bemerkt, wie nahe Conj. Praes. und Imper. sich stehen; so finden wir denn oft, daß ein Imper. (auch ein mit suln u. ä. umschriebener) oder Conj. Praes. im Hauptsatz den Conj. Praes. im Nebensatz hervorruft, der auf keine andere Weise als durch diese Einwirkung

---

*) In Sprachen. die den Nebensatz in strengem Abhängigkeitsverhältniß halten, wie die lateinische, wird sich Aehnliches kaum finden; wohl aber kommt es auch z. B. im Griechischen vor; οἶσθ᾽ οὖν ὃ δρᾶσον; Eur. Hec. 225.

zu erklären ist. Da ich hiervon später für die Erklärung des Modus in Objekts= und Subjektssätzen Gebrauch machen muß, soll es an andern Nebensätzen nachgewiesen werden. Hartm. Iw. 594 giuz aûf den stein, der dâ stê! 1 B. 1068. 423. 493. 1509 daz lop lâzen âne strît alle vrouwen die nû leben. Er. 695. 3187 unser her sî der dich ner! 8629. Iw. 1172. Wolfr. Parc. I 93. V 1287. Gudr. 223, 4. 249, 3. 255, 3. Ullr. v. Liechtenst. Fr. D. 69, 19. Stricker Am. 116, 1184. Wernh. Mei. He. 239. 442. 999. 1000. 1425. Winsb. 40. Kürnb. (Bartsch DLD. I) 42. Morungen (ibid. XIV) 171. Reinm. (ib. XV) 330. Neidh. (Haupt) 16, 26. 30, 34. 33, 10. 51, 9. — Hartm. Iw. 1777 nu gêt dan, dâ iuwer gewarheit bezzer sî! Walth. 16, 26. Parc. II 1093. Neidh. 85, 21. — H. Greg. 410 dâ büezet iuwer sünde als es iuch got geschünde! Walth. 432 daz alle krâ gedîen, alse ich in des günne! 37, 42. 143, 7. — Gottfr. Tr. 4657 (Bechstein) sît aber noch niemen komen sî, sô helfe got! Iw. 2783. Nib. 68, 6, 3 nû er sich dunke sô biderbe, sô tragt in ir gewant! — Neidh. 19, 11 sô man reie, sô sît gemant, daz wir die krenzel gewinnen, soz tou daran gevalle! 38, 23. 12, 8. 12, 19. W. Parc. V 479. 1372. VI 1612. Hartm. 2 B. 23. Gr. 3636. Gudr. 147, 3. 241, 2. 410, 4. Kürenb. (ib. I) 52. Walth. 32, 7. 13, 16. 72, 9. Diese Beispiele mögen genügen um zu zeigen, wie geläufig diese Assimilation dem Mhd. war.*) Nothwendig aber war sie nicht. Das zeigt am besten eine Stelle aus Walther, wo Conj. und Ind. neben einander stehen; und zwar steht hier im Conj. das erste Ver= bum, das dem einwirkenden Hauptsatz noch näher ist: W. 142, 10 nû habe er danc, der sî ebene mezze und sî ebene treit! Es möge hier die beiläufige Bemerkung verstattet sein, daß auch diese Erscheinung für einen ursprünglich modalen Unterschied zwischen Conj. Praes. und Praet. spricht. Denn es wird sich wohl kaum ein Beispiel finden, wo in einem von einem imperativischen Haupt= satz abhängigen Nebensatz statt des Indic. Praet. der Conj. Praet. eingetreten wäre.

---

*) Ich weiß nicht, ob sie in demselben Maße sich auch im Ahd. schon findet. Aber sie scheint vorzuliegen Hild. 56. der sî argôsto ôstarliutô, der dir nu wiges warne. Notk. Ps. VII nim in iro marcha, nim diabolo, die er be- sezzen habe.

5. Das bisher Entwickelte gilt nun auch für den Subjektssatz: es steht also Conj. oder Indikativ im Subjektssatz vollkommen nach Analogie des Objektssatzes, wo das Verb des Hauptsatzes das Passiv eines transitiven Verbums ist oder das Prädikat desselben einem solchen entspricht. Enthält der Hauptsatz ein Urtheil über den seinem Inhalt nach als wirklich ausgesprochenen Subjektssatz, steht der Indic. Der Begehrungssatz steht immer im Konjunktiv.

6. Wenn wir nun den Modusgebrauch in Objekts= und Sub=jektssätzen bei Hartmann näher untersuchen wollen, so scheint die ein=fachste Eintheilung die nach dem regierenden Verb zu sein. Zu be=merken ist noch, daß bei Feststellung des Sprachgebrauchs die Fälle, wo der Conj. im Nebensatz nicht durch Unterordnung veranlaßt ist, also entweder selbständig steht, oder durch Assimilation veranlaßt ist, im Allgemeinen nicht berücksichtigt sind.

II. Modi des Objektssatzes.

1. Nach Wizzen:

a) Mit daz eingeleitete Objektssätze enthalten stets eine Aussage, deren Wirklichkeit der Redende vertritt, und sind also indikativisch. Iw. 156 wir wizzen wol daz dû bist eiters vol. 1 B. 564 sô weist dû wol daz ich dich nie boesiu dinc geminnen lie. 2 B. 296 sô weiz ich mit der wârheit daz mîn vrouwe ist âne valsches. Er. 8662 diu liute westen wol daz ein ritter dar was komen. Der Conj. erscheint nur viermal nach praeterialem Hauptsatz. Der Neben=satz enthält zwar auch hier nichts, von dessen Wirklichkeit der Redende nicht überzeugt ist; aber dadurch, daß es in Vergangenheit erscheint, verliert es den Charakter unmittelbarer Wirklichkeit. Hier finden sich daher auch erst Nebensätze der dritten Form. Gr. 1820 als er benamen weste, daz er waere der beste. Er. 6786. 4118. 8520.

b) In indirekten Fragen herrscht Willkür und bis auf einige bestimmte Fälle stehen Indic. und Conj. neben einander. Er. 5998 waz im ze sêle sî gedâht, des enmac ich wizzen niht. 1 B. 300 daz ich niht rehte wizzen mac, waz oder wie mir ist geschehen. — Iw. 5698 enweste doch wer er waere. Gr. 1148 jane weiz nieman wer er ist. Er. 6601 enweste wie er dar kam. Doch ist es bemerkenswerth, daß der Conj. nie nach positivem Hauptsatz erscheint (wo er nicht durch Assimilation veranlaßt ist, wie z. B. Er. 458. 8387). So steht stets der Conj. z. B. in der formel=

haften Rebeweiſe ich enweiz wiez nû ergê (Er. 8493. 8885. Gr. 1876); aber Inbic.: dû weist wie mirz stât (Er. 3150. 6194). So wechſelt der Mobus Iw. 4329 ff. daz sî niht wizzen, wer ich sî, unz ich erstirbe . . .; sô weiz mîn vrouwe danne wol, . . wer ich bin. Der Grunb liegt wohl barin, daß wirkliche inbirekte Frageſätze nur nach negativem wizzen möglich ſinb, während ich weiz wer er ist = ich weiz, daz er der ist.*)

Immer ſteht der Inbic. in Nebenſätzen, in benen nach bem Grunbe einer Thatſache gefragt wirb: L. I 8, 6 daz sî vil wol wizze war umb ich sî meit. Iw. 2472. 1 B. 98 ichn weiz waz sî richet. Iw. 1875. 6641. Gr. 2403. — Er. 3736 soldet ir mich wizzen lân, warumbe ditz sî getân, mag wizzen lân = sagen gefaßt werben müſſen; aber der Conj. Praeſ. ist hier ſchon aus einem anberen Grunbe verdächtig (vgl. Kp. 6 II 2 Anm. 2.) unb beshalb wohl in ist zu änbern. — 1 B. 2 B. ſchreiben bie Herausgeber bewîse mich dâbi, ob dû iht weist wâ von ez sî; bie Hanbſchrift hat wissest: bie metriſche Härte ist vielleicht zu bulben, ober ſonſt auf andere Weiſe zu beſeitigen.

Vorwiegenb ſteht in inbirekten Satzfragen der Conj.: 2 B. 607 enweiz des niht ob liep nâch leide geschehe. Gr. 648. Er. 6103 7683. Iw. 475. 2115. Der Inbic. ſteht nur Iw. 7500, AH. 1263. L. I 14, 17 unb in der Wieberholung bieſer Stelle 2 B. 148.

Der Conj. ober inbikativiſche Umſchreibungen mit suln ober mugen ſtehen in in dubitativen unb beliberativen Fragen. Iw. 2837 diene weiz ich war ich tuo. 4221. 4232. 5822. 7793. Gr. 1876. 1 B. 1842. AH. 1168. Sonſt (unb vorwiegenb im Erec) Umſchrei= bungen wie Iw. 2223 ichn weiz waz ich dir tuon sol. 2223. 1 B. 301. 312. 1371. Gr. 1457. Er. 125. 4827. 5937. — Er. 46 enweste war sî rite. 1597. 7682 ê ir westent wes ir soldet jehen.

2. Nach Verben bes Denkens unb Glaubens.

a) Urtheilsſatz.

Giebt der Objektsſatz ben Inhalt des Denkens ober Glaubens an, ſteht der Conj.; giebt er bie Thatſache an, worauf es ſich bezieht, der Inbic.

Demgemäß ſteht der Conj. in beliberativen Fragen. Iw. 775 betrahte daz waz im ze tuonne waere. 1148. 5664. Gr. 130. AH. 1015. Er. 3004.

---

*) Iw. 1644 bezieht ſich ſogar auf ein weste wie = „baß ſo“ ein Konſekutivſatz.

Ferner steht der Conj. immer nach **waenen**. Der Indic. findet sich allerdings Iw. 8156 ouch waenich daz sis alsô gnôz. Ich glaube aber, man ist bei dem Schwanken der Handschriften wohl dem konstanten Sprachgebrauch gegenüber berechtigt, diese Ausnahme zu beseitigen, indem man schreibt ouch waenich sis alsô genôz. Dann ist der zweite Satz ein unabhängig beigeordneter, was sich grade nach waenen häufig findet. Ueber die auffällige Stellung des Objekts, die aber grade die Korrektur durch das naheliegende Einschieben eines daz veranlaßt haben mag, vgl. Kp. 2, 3. Die Betonung alsô' findet sich auch z. B. Iw. 4770. 7704. 1203. Abgesehen also von dieser Stelle findet sich nach waenen immer der Conj. im Nebensatz, und nicht nur wo die Ansicht als eine falsche bezeichnet werden soll, z. B. Iw. 1934. 2 B. 622. Er. 3025, sondern auch wo sie die des Redenden ist: Iw. 2882 sô waene ich daz noch rîcher sî âne huobe ein werder man. Er. 260. Dasselbe gilt auch für Sätze, welche vom Substantiv wân abhängen: Iw. 2345. 4913. Er. 4035. 9633. — Ebenso steht der Conj. ausschließlich nach **wellen** (in der Bedeutung „glauben"): Iw. 2701 als ouch die wîsen wellen, ezn habe deheiniu groezer kraft etc. 2124. 1549. — Nach (ge)-hgen: Iw. 4540 ich gedinge, mir sî unverseit. L. 13, 8. — Nach sich versehn: Iw. 483 versach ich mich daz ez ein stumber waere. AH. 1118. — Nach (ge)triuwen 1 B. 38, ahten Er. 65, bedunken Gr. 2265. Er. 9361, râten Er. 9637, zwîveln 2 B. 259, gewanken Er. 9521. — Desgleichen nach den Sätzen, welche abhängen von dem Subst. gedingen (1 B. 839), muot (Er. 10092), trôst (Iw. 5172), gedanc (1 B. 1445), zwîvel (Iw. 916). Nur im 2 B. findet sich nach gedingen einmal der Indic., um die Gewißheit der Hoffnung energisch hervorzuheben: der gedinge den ich hân daz leit mit liebe mac zegân (244).

Allen diesen Verben war gemeinschaftlich, daß der von ihnen abhängige Objektssatz nur den Inhalt des Glaubens angab; anders ist es bei denen die auch ein Fürwahrhalten, an etwas Denken bezeichnen. In diesem Fall steht im Objektssatz der Indic., bedeuten sie aber, wie jene, nur einer Meinung sein, auch stets der Conj. So steht nach (ge)denken der Indic. Er. 930 begunde denken daran, waz im geschach 2256. 5048. 1 B. 294. AH. 682. Aber der Conj. Gr. 2316 sî gedâhte daz sî zuo der helle waere geborn. 390. 1 B. 401. Er. 7197. Der Conj. Er. 9491 gedenket waz ich durch iuch habe getân ist durch den Imper. veranlaßt, wenn habe wirklich Conj. ist. — Nach gelouben der Indic.: 1 B. 1417 dû geloubest mirz undâre, daz mir so rehter ernest ist. 69. 2 B. 605. Aber Conj. Gr. 3717 sone geloube ich niht, daz er noch lebe. Der Conj. Gr. 948 ist wohl durch den Imper. im Hauptsatz veranlaßt. Ebenso Er. 5461 geloubet ir mir herre, ichn habez niht durch übel getân, wenn nicht zu ändern ist geloubet mir des herre, ichn hânz durch übel niht getân, wodurch der Vers einfacher und die Rede energischer und kräftiger würde. Vgl. Iw. 1184. 8013. — Nach vergezzen der Indic.: dès hât er vergezzen, daz er wart vunden. Greg. 1155.

b) Begehrungssatz.

Weil der Begehrungssatz schon unabhängig den Conj. (oder Imper.) zeigen würde, steht auch, wenn er abhängig wird, der Conj. Wie es heißt diu güete dîn êre ir namen an mir! muß es auch heißen, nû ger ich, daz diu güete dîn ir namen an mir êre (1 B. 1897). Darum findet sich auch im Nebensatz oft das dem selbst-ständigen Wunschsatz eigene müeze, z. B. Er. 4979. 5708. Gr. 2692. L. I. 4a 15.

L. II. 1, 9 ez wil niht daz man sî. 2 B. 330. Gr. 1166. Er. 9429. Iw. 2242. 7059. — Er. 1022 des enwil ich niht enbern, ezn müeze diu künegin sîn. Gr. 3338. — Iw. 3755 sî wunschten daz sî des zaeme. — L. I. 15, 15 daz ein wîp getriuwe sî, des bedarf ich harte wol. — 1 B. 15 swie sî im des engunde, daz er ir waere undertân. — 433 erbanst mir, daz ich vrô sî. — Er. 4979 geruochet daz ich iuwer dienest müeze sîn. L. I. 4a, 15. Ebenso steht stets der Conj. nach den Substantiven wille (AH. 449. Er. 5910.) und muot (AH. 1498).

Zweimal erscheint der Indic. in der oben I. 3 angegebenen Weise. Gr. 2706 daz er ir des gunde, daz sî nach lief. 167. war umbe verhenget im daz got, dâz er .... spot ... vrumt?

3) Nach Verben des Affekts.

Immer steht der Indic. nach wundern in mit daz eingeleiteten Sätzen: Iw. 4948 daz im sîn herze niene brach vor jâmer des wundert mich. 4062. Gr. 2510. Er. 5558. 9434. Dagegen nur der Conj. in indirekten Fragen Iw. 2344 es wundert mîne sinne, wer iu geriete diesen wân. 1 B. 1394. Gr. 785. Er. 14. 5463.

7939. Ebenso nach wunder nemen Indic.: Er. 3608. 3731, Conj.: Er. 4849. 5303.

Der Indic. steht auch nach schamen Er. 5468 sô möhtet ir iuch immer schamen, daz er des niht geniuzet; nach vertragen Er. 1038. 1242, nach betrâgen Er. 8454, wo der Nebensatz ein bestimmtes Faktum enthält, aber Conj. Iw. 520 nûne sol dich niht betrâgen, dûne sagest mir, waz dû suochest, denn hier ist das Sagen noch gar nicht wirklich geworden und, wie auch das ne zeigt, betrâgen fast = unterlassen. Ebenso der Conj. nach bedriezen. Er. 2001. 3094.

Der Indic. steht nach vröuwen, Gr. 3692 der vröute sich daz sî sînem gebôte alsô verre underlac. Iw. 7486. 2 B. 401. Ebenso nach vrô Iw. 2455. Konjunktivische Beispiele für den Fall, daß die Freude durch ein Nichtwirkliches, nur in der Einbildung Bestehendes veranlaßt ist, fehlen, aber in einem von vrô abhängigen Satze, in dem der Modus unkenntlich ist, muß Conj. angenommen werden. Er. 4595 wâren alle des vil vrô, daz er nâch gewonheit den ritter hete gevangen; er hatte aber den Ritter gar nicht wirklich gefangen, sie glaubten es nur.

Nach senen („grämen") steht einmal der Conj. AH. 158 er sente sich vil sêre, daz er sô manege êre müeste lâzen.

Immer steht der Conj. nach fürhten. Gr. 1930 er vorht daz erm entrünne. 2424 fürhte ich iuwer geburt diu sî mir etc. 1 B. 229. 2 B. 668. Er. 3044. 6976. 8181. Iw. 6557. 2160. 2834. Ebenso nach dem Substantiv sorge (Gr. 2764) und angest (Er. 7978).

Auffällig ist der Indic. Iw. 2540 daz sî genâren, des heten sî verzwîvelt nâch. Weitere Beispiele eines von verzwîvelen abhängigen Objektsatzes fehlen; aber nach aller Analogie muß angenommen werden, daß „ich verzweifle an der Rettung" von Hartmann ausgedrückt wäre ich verzwîvele daz ich genese. Der Indic. aber sagt mehr. Die Konstruktion ist brachylogisch (ähnlich den oben I 3 erwähnten) und aufzulösen: „sie wurden gerettet, obwohl sie schon fast an der Rettung verzweifelten".

4. Nach Verben des Sagens.

a) Urtheilssatz.

Hier überwiegt bedeutend der Conj.; doch steht der Indic., wo dem Objektsatz eine gewisse selbstständige Bedeutung eigen ist, er

nicht nur als Objekt zu dem regierenden Verb, nicht nur als In=
halt der Aussage hingestellt wird; der Conj. immer, wo der Re=
bende die Nichtwirklichkeit der Aussage bezeichnen will.

So steht der Indic. vorzugsweise nach Verben, welche bedeuten
etwas klagen, verweisen, an etwas erinnern, etwas versichern. Iw.
1348 sîn heil begunde er gote klagen, daz ir ie dehein ungemach
von sînen schulden geschach. 1890. 320. 3976. 6322. Gr. 70.
2389. Er 63. Aber Conj. Er. 7152 daz dehein man nimmer
dörfte klagen, daz er niht wildes funde. — 1 B. 582 dû ver-
wîsest mir daz, daz ich dir riet. Er. 4261. — Er. 5822 wis
gemant, daz aller werlte ist erkant etc. 4872. — 1 B. 1324 sô
wil ich dir daz zwâre sagen, daz im diu saelde ist bereit. 2 B.
121. 479 sît die wîsen haben geseit für die wârheit, daz sich
ein vrumer man alles des getroesten kan. Gr. 1151. Iw. 1046.
8048. Er. 8702. — Iw. 146 eines dinges ich dich troeste, daz
man vertreit. 6188 ich iuch des gewer daz man iuch vil gerne
siht. Gr. 1296. — Immer steht auch der Indic. bei Hartmann
nach der 1. Perf. Praef. eines Verbums des Sagens; 1 B. 777.
1324. 2 B. 121. Gr. 752. 1151. 2950. 3232. AH. 1094. 1127.
1341. Er. 84. 180. 500. 713. 994. 1766. 3074. 3784. 9459.
5132. 6972. 7393. 8702. Iw. 270. 371. 1046. 4468. 6020.
7125. 8040. Ausgenommen sind deliberative Fragen und Objekts=
sätze nach verlougenen. Der Conj. Er. 440 ist durch den Conj.
im Hauptsatz veranlaßt. Er. 8381 ich muoz von schulden mite
jehen, sî haben benamen die wârheit hat Haupt schon den Indic.
habent hergestellt. Der Conj. findet sich noch Er. 7831 ich enwil
iuch niht verdagen wie diu burc geschaffen waere; er ist leicht zu
beseitigen, wenn man den Nebensatz zum letzten Satz zieht, und
schreibt ich enwilz iuch niht verdagen: wie die burc geschaffen
waere, daz etc.

Andrerseits steht der Conj. immer wo die Aussage als unwahr
bezeichnet werden soll: Gr. 2404 nû hât etewer gesagt daz ich sî
ein ungeborn man. AH. 1325 ich hörte ie die liute jehen, ir
waerent biderbe unde guot: sî hant gelogen. Er. 6101. 7152.
AH. 647. Er. 114 ichn mac des niht verlougen mir ensî geschehen. Gr. 265. — Ebenso in deliberativen Fragen, analog den
oben nach wizzen und Verben des Denkens angeführten. Diese sind
hier aber nur selten: Er. 632 ich sage iu waz ich tuo. 4886.

Im Uebrigen muß als das Regelmäßige der Conj. bezeichnet werden, aber so daß der Indic. nie unerlaubt ist; der Dichter bedient sich der Freiheit je nach Bedürfniß des Verses. So steht nebeneinander Conj. und Indic. Er. 1117 unz sî im gesagte maere, wie ez ergangen waere und waz . . geschach. Gr. 884 ouch sagt uns die wârheit von den vischaeren daz sî gebruoder waeren. Vgl. Er. 5219 dâvon uns Lûcânus zalt, daz ir . . gewalt . . gebôt. In diesen beiden Fällen ist es offenbar der Reim, um deswillen die Modi gewählt sind. Er. 630 sagten im ir geverte dar, warumbe Erec was komen. Vgl. Gr. 3320 nû sagten sî im diu maere, warumbe sî ûz waeren komen. Die konjunktivischen Objektssätze geben sich rein als Inhalt der Aussage, können freilich auch etwas enthalten, was der Redende durchaus für wahr hält, z. B. 2 B. 681 ich hoere des vil liute jehen (die wârheit hân ich selbe ersehen), daz rechtiu liebe niht zergê, AH. 26. Er. 5919. Besonders häufig steht der Conj. daher nach einem „man sagt“, „die Leute sagen“: L. I 9, 12, 1 B. 1477. 1503. 2 B. 138. 512. Gr. 1103. 3569. AH. 26. 682. 1477. Er. 209. 1194. 1305. 3298. 3336. 5919. 8767. Iw. 4861. 4135. 4564. 5196. 2374. 4172. 3371.

b) Begehrungssatz.

Hier erscheint regelmäßig der Conj.; Beispiele des müeze (vgl. Nr. 26) im Nebensatz sind Er. 4818. 1408.

Iw. 5127 bat in, daz er rite. 2388. Gr. 974. AH. 642. Er. 3524. — Iw. 3316 vlêget got vil sêre daz er in erlieze. Er. 8639. — Gr. 2060 rieten sî, daz man ir lieze die wal. Iw. 7234. 2 B. 462. Er. 3675. — Iw. 3439 gebôt daz sî in bestriche. Gr. 773. Er. 8606. — Gr. 3002 sprach in zuo, daz sî baeten. Er. 1470. Gr. 1929. — Er. 45 hiez sî stille dagen und daz sî in vermite. 5004. 6319. — Ebenso steht der Conj. nach den Substantiven rât (Er. 8511), bete (Gr. 3163), lêre (Er. 4199).

Der Indic. findet sich hier in der oben (I 3) angegebenen Weise verhältnißmäßig häufiger. Iw. 637 und riet mir mîn unwîser muot, daz ich gôz ûf den stein. 5808. Gr. 1751 riet dem gaste daz, daz er ir truhsaezen bat. Er. 3993 ir daz gebôt daz sî ze sînem bette gie. 3096. 3944. 4795. 1 B. 506.

5) Nach vrâgen
folgt stets der Conj. Iw. 3241 vrâgte wâ er waere. 4443. 7614.

1 B. 304.   Gr. 1685.   AH. 483.   Er. 4924. 5449. 7144 u. a.

Ebenso nach sprechen, wenn es die Bedeutung von Fragen hat. Gr. 825 er sprach, waz ez möhte sîn,   Gr. 830.

6. Nach Verben der sinnlichen oder geistigen Wahrnehmung.

Conj. und Indic. erscheinen hier gleich berechtigt fast ohne Unterschied nebeneinander; doch hat Hartmann im Iwein den Conj. viel seltener gebraucht als in den früheren Werken.

Gr. 1473 er sach wol daz im waere gach.   3694 sach wol daz sî pflac riuwe.   1574 er las wie allem sînem dinge was. 2113 er las wie er geborn würde.   Er. 2890 er vernam daz im sîn lieber sun kam.   8396 het ouch ê vernomen, daz er dar waere komen. — Er. 4070 seht wâ sî lâgen.   AH. 125 sehent wie genaeme er ê waere. — Gr. 2226 erkande ich, daz sîn herze ist leides vol.   2305 erkande sî daz ez diu selbe waere.   AH. 135 dô er verstuont sich, daz er der werlte widerstuont. Gr. 237 sich des entstuont daz sî swanger waere.   Er. 6838 begunde sich verstân, daz ez Erec waere.   Nach der 1. Perf. Praef. des regierenden Verbs folgt auch hier immer der Indic.:   1 B. 648. 2 B. 615.   Gr. 1562. 1566.   Er. 268. 649.   Iw. 6067.

7. Nach den Kausativen der Verben der Wahrnehmung folgt vorwiegend der Indic.   Iw. 3320 erzeiete daz der tôre und diu kint vil lîhte ze wenenne sint.   6945 sî bewarten daz diu werlt nie gewan zwêne strîtiger man.   AH. 1376.   Er. 5867 müeste erscheinen daz sî z'erbarmenne was.   1 B. 532 bietet die Handschrift ich taete dir viel schiere schîn, daz ich unschuldec wil sîn.   Haupt hat (wohl aus metrischen Gründen) welle geschrieben, was sich aber des konditionale taete wegen nicht empfehlen dürfte, vgl. Kp. 6 II Anm. 2.   Will man nicht bei der handschriftlichen Lesart stehen bleiben, könnte man vielleicht schreiben daz ich wil unschuldec sîn.

Der Conj. steht z. B. Gr. 3319 tet in erkant, daz erz Grêgorjus waere.   Er. 8233 erzeigtens, daz in daz herz waere in eitel swaere.

8. Nach Verben des Unterlassens, Erlassens, Verhinderns.

Ist das regierende Verb. negirt, so folgt stets der Conj.:   Gr. 935 niht enliez ern taete als in sîn herre gehiez.   Er. 351. 1 B. 471.   2 B. 489.   Iw. 2228. — Iw. 1101 daz ez niht enmeit ezn schriete Er. 1036. 4590. — Ebenso nach sûmen Iw. 6172, vergezzen Iw. 3656, enbern Er. 6059. Einmal erscheint aber nach

negativem Hauptsatz auch der Indikativ Er. 2716 daz er durch sîn
houbet blôz von ungewarheit niht vermeit, daz er schône in reit.
Weil der Sprachgebrauch hier so konstant ist und auch von ungewarheit = „wegen Mangels an Deckung" aufgefaßt nicht nur hart,
sondern auch tautologisch wäre mit durch sîn houbet blôz, kann man
vielleicht schreiben: dô dûhte von im vollen grôz daz er durch sîn
houbet blôz diu ungewarheit niht vermeit, daz er (sô?) schône
in reit und sô genendeclîchen die vînde tet enwîchen. Etwas
anders liegt die Sache Iw. 6038 enhât daz niht verlorn durch
hôchvart noch durch trâcheit, daz sî niht selbe nâch iu reit.
Hier gehört die Negation nicht eigentlich zum Verb (— sie ist wirklich
nicht selbst geritten), sondern zu durch hôchvart etc. — Iw. 4156
enwart des niht erlân, ichn schüefe. 1 B. 471. 2 B. 489.
Er. 4275. — Iw. 911 ich mac daz niht bewarn mirne werde der
lîp benomen. 4635 in beschirmet der tiuvel noch got, ezn müeze
im an sîn êre gân. 2655 dazn irte unstaete noch der muot,
dane wurde handelunge guot. 1 B. 133. AH. 489. 1186. Er.
4965. Ebenso nach es enist niht rât Gr. 44. AH. 580. Den
Werth von negativen Sätzen haben auch (rhetorische) Fragen, auf die
verneinende Antwort erwartet wird. Iw. 2359. 496. Er. 6546. —
Vgl. Kp. 7, 2 a. b.

Nach positivem Hauptsatz sind sichere Beispiele für den Conj.:
Er. 9809 fluhen daz sî dar iender kaemen. 1 B. 28 het in sîner
huote, daz ez ieman befunde. Gr. 2752 wie wol sî des bewart
sint, daz sî vrost oder wint iender habe gerüeret! Er. 4645;
für den Indikativ Iw. 3148 daz ichz ie undervienc, daz iuwer
ende niene ergienc. 3958 erwante dem lewen daz, daz er sich
niht ze tode stach, 922. 1404. AH. 279. Er. 2587. 4963. Es
steht also der Indikativ in den Objektssätzen, welche auch ein abundirendes niht haben und schon dadurch ihre andere Stellung zum
Hauptsatz markiren. Die konjunktivischen Nebensätze sind nur Objekt
zum regierenden Verbum, die indikativischen aber geben das faktische
Resultat des Unterlassens oder Hinderns an. huote sich daz er
immer missetaete läßt nur erkennen, in welcher Richtung sich die
Thätigkeit des Hütens erstreckte, aber nicht, ob sie von Erfolg gewesen ist; aber er erwante daz der lewe sich niht ze tode stach
heißt: der lewe stach sich niht ze tode und das bewirkte er durch
sein Hindern. Daß der Nebensatz kein Konsekutivsatz ist, dem er ähnlich

fieht, wird durch das vorbereitende daz im Hauptfatz bewiesen. — Ueber Er. 5986 vgl. Kp. 7, 26.

9. Nach Verben des Bewirkens.

Es folgt stets der Indikativ, wenn der Nebensatz das wirklich Erreichte enthält. Iw. 5511 daz iu von mir niht ist geseit, daz machet mîn unwerdekeit. 1165 daz sî iuch niht hânt erslagen daz vristet niuwan daz klagen etc. 1 B. 1717 des half mir daz ich niht ertranc gedinge. Gr. 3783 erwarp sînem vater daz, daz er den stuol mit im besaz. 3503 nû macht diu grôze triuwe, daz im diu sêle genas. Er. 10039 het daz bejagt daz niemens lop stuont sô hô. Iw. 3328. 4126. 8019. 3845. 4116. 1 B. 241. 606. Gr. 160. 1136. 1492. 2908. Er. 573. 4583. 5963. 7548. Der Conj. steht in diesem Fall nur, wo er durch Assimilation er= klärt werden kann, z. B. Iw. 5988. 1 B. 733. Gr. 1450. AH. 1510.

Oft enthält aber der Nebensatz nicht das Erreichte, sondern das nur Erstrebte. Dann erscheint meist der Conj.: Iw. 4489 wil mich noeten daz ich gebe. 4788 ich sol gedienen immer mêre daz sî .. erlâze. Er. 9552 hie beherte (setze durch) ich mite, daz ich .. müge belîben. Gr. 3348. daz mir . . . werde, daz koufe ich ûf der erde. Dahin gehört auch Iw. 2873 manegiu ziuhet sich des an durch die vorhte des man, daz sis niht verdrieze. In wesent= lich gleicher Bedeutung findet sich auch zuweilen der Indic. Gr. 1301. 1306 trûwe ich geschaffen daz die rede nimmer kumt. Aber immer steht der Conj., wenn der Nebensatz etwas Nichtdurchgesetztes enthält: Gr. 2855 im enkunde daz nicht an gewinnen daz er waere beliben. Er. 595. 5489 wolde in mit güete überwunden hân, daz er die maget haete lân: die bete was verlorn.

10. Nach wol, durch übel etc. tuon.

Der Nebensatz, der stets etwas Wirkliches enthält, über das der Hauptsatz nur ein Urtheil bringt, steht stets im Indic.

L. I, 6, 7 got hât vil wol ze mir getân . . . daz ich der sorgen bin erlân. Er. 8527. Gr. 2624 wie übel die werlt tuot, daz diu liute dultent. Er. 556 daz ir mîner tohter gert, daz habt îr durch schimph getân. 5462 ichn habez nicht durch übel getân, daz ich iu her gevolget hân. Iw. 1989 daz ich iu gerâten hân, daz hân ich durch guot getân.

III. Mobi des Subjektsſaßes.

1. Enthält der Hauptſaß das Paſſiv eines Verbs, das aktiv einen Objektsſaß regiert, ein Imperſonale, oder ein Abjektiv oder Subſtantiv mit der Kopula, das einem ſolchen entſpricht, ſo ſtehen die Mobi wie in den Objektsſäßen.

a) vgl. II, 11. Iw. 2935 iu ist daz wol erkant, daz unser êre ûf der wage lît. 7514 wer sî beide wâren, daz was dâ niemen erkant. 6905 enwas niemen erkant, wie der ritter waere genant. Gr. 1766. 1198. Gr. 3674 ir was ein unkundez maere daz er ir sun waere. — Ein beſonderer Fall iſt Iw. 114 uns was ouch ê daz erkant, daz under uns niemen waere sô hövesch als ihr waenet daz ir sît. Hier iſt der Saß daz — waere ex mente alius geſprochen und zu verſtehen: „wir wußten längſt, daß Ihr glaubt, daß Niemand unter uns ſo hövesch wäre ꝛc.“ — Auffällig iſt Greg. 3705 dannoch was ir daz unkunt, gesach sî in ie vor der stunt. Eine ſolche Saßverbindung iſt ſonſt bei Hartmann ohne Beiſpiel. Eine ſeinem Sprachgebrauch mehr entſprechende Leſart bietet E: daz sî sach irn sun an der stunt.

b) vgl. II, 2. Iw. 4263 nû wart im ouch geloubet, daz erz Iwein waere. 2966 nû bedunket mîne sinne, daz Iwein sî verlorn. 1 B. 1520 michn diuhte niht, ich waere vrô. So immer der Conj. nach (be)dunket, aber der Indic. nach (be)dunket mit einem Prädikatsabjektiv. L. I. 2, 20 dô dûhte mich an ihr beſcheidenlich, daz sî ir werden lîbes mich an ir erlie. — 2 B. 491 sô ist ein anderz mîn gedanc: .. daz koeme von mînem heile. Er. 3846.

c) vgl. II, 3. Iw. 413 rou mich daz ich dar was komen. Er. 8781. — 2 B. 653 müet sî daz sî mîn enbirt. Iw. 2830. — Er. 7824 begunde in vaste beswâren, daz sî dar komen wâren. So hat Bech wohl mit Recht vorgeſchlagen ſtatt beswaeren: waeren, Germ. VII. 4, 463. cf. Iw. 1132 — Iw. 4214 daz ez got erbarme daz ich ie wart geborn. — 1 B. 142 daz ist doch mîn vröude, daz ich gedenken getar. — Gr. 1143 daz dich getar gebliuwen der .., daz ist mir iemmer leit. Iw. 1971. Er. 4786. 9190 mirst zorn, daz dirre kleine man .. wert. Iw. 1132 doch was sîn meistiu swaere, daz er entran. — 3664 ez was wunder daz ich genas. — Er. 6075 — Iw. 4271 und was mîn angest und mîn wân, daz ir waeret erslagen.

d) vgl. II, 4. Iw. 3660 iu sî geklagt wie mir ist geschehen. Gr. 306 ouch ist nns ofte geseit, daz ein kint niene treit sînes vaters schulde. AH. 1505. Er. 3496.

AH. 165 im wart geseit, daz disiu siechheit waere mislîch. Er. 8855. 1 B. 547 daz ist âne lougen, dûne habest sî geschaft dâ zuo. Gr. 562 daran stuont geschriben sô: ez waere von geburte hô etc.

e) vgl. II, 6. Er. 7876 dô schein wol daz kint lîhte ze triegenne sint. Iw. 3128. L. I. 7, 24 an der wirt schîn, deich an staete meister nie gewan.

Er. 8159 nû schînt dû wizzest nicht wol.

f) vgl. II, 8. Gr. 1810 vergie in selten daz, ern getaete ie ettewaz. 3303 daz im niht was entwichen, erne het sîn alten kunst behalten.

Er. 2187 alsô wart daz wol behuot, daz niemen nît truoc.

2. Nach es geschieht, ist der Fall u. ä. steht, wo der Conj. nicht durch besondere Gründe veranlaßt ist, immer Jder Indic.

Iw. 259 ez geschach mir daz ich reit. L. I. 1, 17. Er. 5611 — 1 B. 1396 von welhen schulden daz ergê, daz sî treit. — Gr. 3760 ez kom von sînem gebôte daz ich wart. Iw. 3404. AH. 376. Er. 6090. — 6264 daz ich zuo dir gegangen bin, daz ist durch vrâgen getân. — 2 B. 621 swen daz gevellet an, daz beide waenent. — Iw. 6874 und ist daz sî betrouc ir wân. 1 B. 1159. Gr. 3801. Er. 3211.

Der Konjunktiv kann zunächst veranlaßt sein durch Assimilation, wie z. B. 1 B. 1870 ezn sî daz mir gelinge. Er. 355 und waer daz got hien erden rite. Er. 828. 5646; oder er steht nach negativem Hauptsatz, wo also der Nebensatz nichts, was sich wirklich ereignet hat, sondern nur Gedachtes enthält (daß aber in diesem Fall der Conj. nicht nothwendig ist zeigt schon der Indic. nach ist = „ist der Fall"). Er. 6293 ez enmac nimmer beschehen, daz ich iuwer wîp werde; oder er ist durch ein Verb des Sagens in einem zwischengestellten Nebensatz veranlaßt. 2 B. 652 macez wol geschehen, des ich den wîsen hôrte jehen, daz liebe nâch leide ergê. Der Subjektsfatz ist auch hier als rein gedacht und ex mente alius gesprochen hingestellt. Ganz analoge Beispiele vgl. Nr. 3.

3. Sonst zeigt der Subjektsatz, wo er Begehrungssatz ist, den Conj., wo er Urtheilsatz ist, meist den Indic.

a) Iw. 2495 ez ist reht, daz mir gelinge. L. I. 15, 9. Gr. 3627. 1 B. 455 ez ist billîch, das sî vride ber. Iw. 5244. 8104 ouch ist daz gewonlîch, daz man vergebe. Gr. 1892 mirst lieber, daz mîn liep gebe. Iw. 2730 ez ist guot, daz mans im genâde sage. Gr. 445 sô dunket mich guot, sî behabe den muot. Er. 8358 ez ist zît, daz man gê. Iw. 6978 zimet daz iu beiden wol, daz sî enzît strîten. 5429 nû was site, daz der schuldegaere lite. 1 B. 615. Er. 6231. AH. 692.

Für den Conj. kann auch eine indikativische Umschreibung mit suln oder müezen eintreten: solche Sätze sind der Form nach Urtheils=sätze. Gr. 1140. Iw. 5742.

Nicht Begehrungssätze sind Er. 1322. 1 B. 986 ff.

b) AH. 334 ouch half in sêre, daz diu kint sô lîhte ze gewenenne sint. Er. 943. 9285. 1 B. 1100 frumet ez mir, daz mirz diu werlt ze guote verstât. Gr. 3405. Er. 6738 irte daz sîn vart, daz diu naht vinster wart. — L. I. 14, 14 eist ein ungelückes gruoz, deich von vriunden scheiden muoz. Er. 1322. 2 B. 352. — L. I. 7, 18 ez wirt mir guot, daz diu unstaete mich versûmet hât. — Er. 2733 diu was, daz nimmer dehein man gesach. 5612. 2832.

Der Conj. wo er nicht durch Assimilation veranlaßt ist, z. B. Er. 6502. 7475. 1 B. 1091, steht ex mente alius. Er. 10042 an sînem lobe daz stât, daz er genant waere; und in zwei den oben Nr. 2 angeführten ganz ähnlichen Beispielen L. 8, 18 ist ez wâr, als ich genuoge hoere jehen, daz lôsen hin . . sî der beste rât? 1 B. 498 ez ist et wâr, daz man mir seit, swâ . . sî, dâ wone der spot vil ofte bî. Außerdem steht der Conj. immer nach ez ist unmügelîch. Iw. 2660 unde ist ouch unmügelîch, daz im iemer iht glîches werde. 4032. AH. 454. — AH. 197 waz vrumt, daz ichz iu kunt tuo? ist tuo Indikativ. Das Vorkommen des Indik. tuo hat Haupt auch für Hartmann nachgewiesen zu Er. 4698. — Er. 4455 liest Bech: sus ist ez mir unmaere, wer dîn vater waere: sô edelet dîn tugent sô etc. Haupt hat aber wohl mit Recht mit der Hdschr. geschrieben: sus ist ez mir unmaere: swer dîn vater waere, sô etc.

IV. **Die Modi in von Objekts- und Subjektssätzen abhängigen Nebensätzen.**

Als Grundgesetz kann aufgestellt werden, daß Nebensätze zu indicativischen Objekts- oder Subjektssätzen im Indic. stehen (soweit natürlich ihnen nicht schon aus anderen Gründen der Conj. zukommt), von konjunktivischen abhängige im Indic., wenn der Nebensatz eine erklärende, gewissermaßen parenthetische Bemerkung des redenden Subjekts bringt, sonst im Indic. oder Conj., je nachdem der Nebensatz mehr oder weniger selbstständig hervortreten soll.

a) Er. 8747. 1 B. 1324. 2 B. 121 u. v. a. — Er. 7214 schreibt Bech mit der Handschrift: die wâren des vil vrô, daz er in alsô gereit, daz er ir dienest müese nemen. Mit Recht hat aber wohl Haupt den Conjunktiv in muose geändert.

b) Gr. 2316 sî gedâhte, daz sî für wâr zuo der helle waere geborn, und got haete verkorn ir herzenlîchez riuwen, daz sî begienc mit triuwen, als man iu ê gesaget hât. 1723. Er. 347. 8606. gebôt ir kâmeraeren, daz sî ihr vlîzec waeren, als man rîcher künege sol.

Er. 458 frâgte ob er weste, wer er waere, der vor im reit. 5986 swem daz ze wendenne ist gedâht, daz ez werde wolbrâht, swaz von got geschaffen ist. 6546. 1 B. 1503 mir sagent manege daz er lieht ber und daz er lesche . . ., swâ er bî in lît. 2 B. 322 ich ger, daz sî mich minne, und ouch daz sîz erlîden mege, alsô daz ez sî niht bewege, und daz ir sî von herzen leit, daz sî mich sô selten siht. AH. 568. Gr. 3825.

6. Kapitel.

Die Tempora in konjunktivischen Objekts- und Subjektssätzen.

Es ist schon oben (Kp. 5. I, 1 Ende) darauf hingewiesen, daß es auch im Mhd. eine Art consecutio temporum giebt; sie ist allerdings nicht straff durchgeführt und läßt manche Freiheit. Eintreten wird diese temporale Assimilation, wie man diese Erscheinung nennen könnte, natürlich nur in konjunktivischen Nebensätzen; denn nur, wo die Unterordnung so strenge vollzogen ist, daß der Nebensatz

seinen selbstständigen Modus aufgegeben hat, wird auch eine Anglei=
chung der Tempora statt haben können.

Um den Sprachgebrauch festzustellen, untersuchen wir das Ver=
hältniß der Tempora der konjunktivischen Objekts= und Subjekts=
sätze zu denen der Hauptsätze, je nach der Zeitstufe, auf der jene
diesen gegenüber stehen.

I.

Im Hauptsatz steht ein Tempus der Gegenwart. Die Hand=
lung oder Aussage des Nebensatzes

1) ist zeitlos oder derselben Zeitsphäre angehörig wie der Hauptsatz.

Im Nebensatz steht der Conj. Praes.; Iw. 2701 als ouch die
wîsen wellen, ezn habe deheiniu groezer kraft danne unsippiu geselleschaft. 1 B. 710 sô sprichest dû, dû habest leit. L. I, 2, 26.
2 B. 512. Gr. 1876. Er. 7144.

Wo der Conj. Praet. erscheint, steht er in seiner ursprünglichen rein
modalen Bedeutung (Kp. 5, I, 1) um Nichtwirklichkeit zu bezeichnen.
Bei Hartmann so nur Er. 4761 alsô daz ir mich des erlât, daz
ich mich iu nande.

Auch wo im Hauptsatz durch Praesensformen von haben oder
sîn umschriebene Praeterita stehen, steht im Nebensatz der Conj. Praes.
1 B. 523 sît dû ez gesprochen hâst, dû wellest dich rechen.
Iw. 5267. 1 B. 401. Gr. 2404. 3375. Er. 9411. Iw. 6143. Er.
5986. 8303. 8855. Nur Iw. 6599 steht der Conj. Praet.: des
enist dehein mîn gast erlân, erne müese sî bestân, wenn hier
nicht müeze zu schreiben ist. 1360 ist begunde konditional. Er.
3686 ist waere = „gewesen wäre" (gehört also zu b), wie aus v.
3689 hervorgeht.

2) steht der des Hauptsatzes gegenüber auf der Stufe der Ver=
gangenheit.

Im Nebensatz steht gewöhnlich der Conj. Praet. Iw. 4561
man sagt von sîner vrümeket ez wurde ritter nie verseit, swes
er in gebaete (sîn êre sîn unstaete). 5267 hât gesagt (daz sî
sî vrî und) daz sî ir nie getaete deheine misseraete. 2344. 4128.
5857. 3052. 4861. 8160. 5586. Gr. 126. 884. 2433. AH. 125.
1439. Er. 2099 sô saget man uns danne, daz dehein twerc waere
(noch ensî) kurzer danne Bîlêi. 6991(?). 396. 1445. 2094. 2759.
3298. 3328. 3686. 4455. 5385. 6364. 6554. 6974. 7105. 7286.
7237. 7759. 7831. 8774.

Selten tritt für den Conj. Praet. eine Umschreibung mit dem Conj. Praes. von haben oder sîn ein. Iw. 7696 ez giht Gâwein, daz er verloren habe. 4135. nû velschent sî mich sêre, ich habe sî verrâten. 7634. 1 B. 348. 547. Gr. 948. Er. 9491. Am häufigsten ist das noch im Erec, wo sich 13 Beispiele finden, während im Iw. wohl nur jene drei.

3) steht der des Hauptsatzes gegenüber auf der Stufe der Zukunft.

Im Nebensatz steht der Conj. Praes. Iw. 2160 ich vürhte ez mir niht wol ergê. 2460 ez schînet noch als ez dô schein und ich waene ez immer schîne. L. 13, 8. 1 B. 229. Gr. 3412. Er. 6902.

Anm.: Wenn der Nebensatz schon selbstständig den Conj. Praet. nicht als Conj. eines Tempus der Vergangenheit, sondern in seiner modalen Bedeutung zeigen würde, bleibt er unbedenklich nach einem Praes. im Hauptsatz. Iw. 1906 der weiz wol, ob mîn lant mit mir bevridet waere, daz ichs benamen enbaere, 1 B. 1525 ichn weiz zwiu mir daz solde ode waz ich dâ suochte (vgl. 1023 nû zwiu sold ich âne dich?) Gr. 2329. So ist auch zu erklären Er. 1327 nach der von Bech vorgeschlagenen Interpunktion und Konjektur.

II.

Im Hauptsatz steht ein Tempus der Vergangenheit; die Handlung oder Aussage des Nebensatzes

1) ist zeitlos oder derselben Zeitsphäre angehörig wie der Hauptsatz.

Im Nebensatz sind gleich möglich Conj. Praes. und Praet.; aber es überwiegt bedeutend der letztere. So stehen beide neben einander. Gr. 648 und enweste niht wiez dem ergê, (weder ez genaese) oder laege tôt, Der Conj. Praes. steht auch Gr. 1873 ich verzagte noch nie daran ichn denke (? vgl. Kp. 7, 2a). AH. 642 jâ gebôt er unde bat er, daz man muoter unde vater minne und êre biete. Er. 9520 gewancte ichs nimmer umb ein hâr, ir wille ensî mîn bestez heil. Iw. 4776 dô gelobte er âne bet, er welle durch uns tôt ligen. Diese letzte Stelle allerdings von Lachmann für unecht erklärt: aber wenn er mit als Grund anführt, „daß das Praet. gelobte dem Praes. welle widerspreche," so kann dem nur in sofern Gültigkeit zugeschrieben werden, als sich im I wein weiter kein Beispiel einer solchen Struktur findet. Sie ist auch überhaupt selten; Beispiele aus anderen mhd. Dichtungen sind aber Walth. 4, 45. 161, 7. Gudr. 212, 1 Nib. 17, 4, 2.

Abgesehen von den angeführten Stellen steht bei Hartmann stets der Conj. Praet. Er. 46 enweste war sî rite vgl. 1 B. 1842 ichn weiz war ich entrinne. — Iw. 697. 5249. L. I, 10, 6. 1 B. 520. 2 B. 330. Gr. 1477. Er. 8606.

2) steht der des Hauptsatzes gegenüber auf der Stufe der Ver= gangenheit.

Im Nebensatz erscheint auch hier noch oft der einfache Conj. Praet. Iw. 2374 benâmen sî des jâhen, sine gesaehen nie sô schoenen man. Gr. 508 mit den vrouwen er des jach, daz nie zer werlte kaeme ein kint etc. 649 enweste niht weder ez ge= naese. 810. 856. 1004. 1052. 2113. AH. 1080. diu maget antwurt im, daz sî dieselben raete von ir selben herze taete. Er. 9892. Dieser Gebrauch des Conj. Praet. der auch sonst im Mhd. nicht selten ist (vgl. Nib. 119, 5, 1. 32, 3, 1. 116, 5, 2. 209, 3, 1. 213, 3, 1. 267, 1, 4. 272, 2, 3. Wernh. Mei. H. 1071. Wolfr. P. I. 370. 663. 1069. III 268. Gudr. 117, 3. 324, 4. Spervogel [Bartsch DLD. III] 78) ist im Mhd. verschwunden, weil er undeutlich ist*): denn der Conj. Praet. im Nebensatz kann für ein direktes Praes. so gut wie für ein Praet. stehen, dort erst durch Angleichung an das Tempus des Hauptsatzes ent= standen, hier der wirkliche Conj. eines Tempus der Vergangenheit. Im Mhd. sind die Umschreibungen mit dem Conj. Praet. von sein und haben Regel geworden, die auch bei Hartmann schon bei weitem häufiger erscheinen als der einfache Conj. Praet: z. B. Iw. 375 jach, daz im nie dehein gast waere komen. 289. 996. 2613. 4433.

---

*) Wenn das Mhd. in dem Präfix ge ein Mittel besitzt, um die Plusquamper-fektbedeutung das Praet. zu markiren, wie man gesagt hat, so ist dies doch nur sehr sporadisch benutzt (Praet. ohne ge-Plusquamperf. z. B. Iw. 3481. 6591. Gr. 1037. Nib. 174, 2. 4. 21, 3, 1. Walth. 16, 3. Gudr. 71, 4. vgl Beneke zu Iw 62; manche Verba erscheinen überhaupt nie mit ge) und dazu undeutlich, weil das selbe ge auch bloß zur Verstärkung des Verbalbegriffes gebraucht wird. Vgl. Bechstein zu Gottfr. Trist. 35. Beneke Wbch. z. Iw pg. 129. Gerade in dem vorliegenden Falle wird es aber nicht zur Beseitigung der Undeutlichkeit ge-braucht; denn von den 10 aus Hartmann angeführten Beispielen des Conj. Praet. mit Plusquamperfektbedeutung ist abgesehen von genaese nur ein sicheres Beispiel für ge: Gr. 1005; Iw. 2374 wo Bech gesaehe hat, schreibt Lachmann saehe. Und andrerseits findet das ge sich auch oft, wo der Conj. Praet. in einem dem Hauptsatz zeitlich gleichstufigen Nebensatz steht: z. B. Er. 1334. 4264. Iw. 4129. 2010.

8026.   Gr. 785. 1690. 3320.   Er. 1117. 4840. 6176. 6600.
8308.   Er. 6835 begunde sagen, daz haete ein tôter man getân.
6179. 4595.   Gr. 8151. 2035. 2317. — Nur einmal erſcheint
auch eine Umſchreibung mit dem Conj. Praeſ. von sîn, der nach II, 1
gerechtfertigt iſt: AH. 884 sich bedâhte ir güete, daz sî nicht en-
wolden . . . der wille sî ir von gote komen.

3) ſteht der des Hauptſatzes gegenüber auf der Stufe der Zu=
kunft.

Auch hier muß im Nebenſatz als gleich möglich Conj. Praeſ.
und Praet. angenommen werden; bei Hartmann erſcheint aber nur
letzterer.   Iw. 3850. doch vorhte er des, daz in daz nicht ver-
vienge, der leu beſtüende in zehant.   Gr. 1390.   Er. 3044.

Anm. 1. Ob der Nebenſatz von dem Verbum des Hauptſatzes ſelber oder
von einem von dieſem abhängigen Inſinitiv regiert wird, iſt für das Tempus des
Conj. im Nebenſatz gleichgültig

Iw. 549 ichn gehört nie niht sagen, waz âventiure waere.   2 B. 138
AH. 1325.   Gr. 2782.   Er 8931.   AH. 835 ich hôrte ie daz sprechen,
swer . . . . der triuwen si (cf. II 1) ouch ze vil. — Er. 6179 nû begunde
der grâve bî im betrahten, daz er . . . nie schoener wîp enhete gesehen.
Gr. 2855. — Gr. 890 die muosten . . . bestaeten daz, si ensagentenz nimmer
fürbaz.

Anm. 2. Wenn im Hauptſatz der Conj. Praet. ſteht. nicht als Conj. eines
Tempus der Vergangenheit, ſondern in ſeiner modalen Bedeutung. ſo bewirkt ſchon
die modale Aſſimilation den Conj. Praet. im Nebenſatz. Er. 8387 nû weste ich
gerne rehte wiez hierumbe waere gewant.   7152. L. II 3, 11.   Der Conj.
Praeſ. hat hier im Nebenſatz immer etwas ſehr Fremdartiges und lieber ſteht noch
der Indic. (z. B. Er. 8096. 8166. 6453. 5867.   1 B. 1689.   AH. 1055.
Iw. 50. 1641).   Jener erſcheint nur in einem ſichern Beiſpiel 1 B. 476. des het
ich gerner vernomen, ob dû des schaden sicher sîst.   Ueber 1 B. 532 vgl.
Kp. 5, II, 7, über Er. 3736 Kp. 5, II, 1, b.

Anm. 3. Dieſe an Hartmann entwickelten Regeln über die Folge der
Zeiten ſind in der guten mhd. Zeit allgemein inne gehalten.   Im Nhd. haben ſie
eine Veränderung erlitten einerſeits durch das Zuſammenfallen vieler konjunktiviſchen
Formen mit den indikativiſchen und den erweiterten Gebrauch der umſchriebenen
Zeiten. andrerſeits aber auch durch eine immer mehr zunehmende Gleichgültigkeit
und Inkonſequenz*)   Luther iſt, ſoweit ich beobachtet habe, noch ſehr genau in
der Folge der Zeiten, und unter den Neueren macht beſonders Goethe auch hier
eine rühmliche Ausnahme.

---

*) Wie groß die Verwirrung auf dieſem Gebiet iſt, erſieht man recht deut-
lich aus der Abhandlung von Hoegg, „Ueber den Gebrauch der Zeiten in der indirekten Rede der (neuhoch-)Deutſchen Sprache (Progr. Arnsberg 1854). Als beſonders intereſſantes Beiſpiel möge hervorgeboben werden. daß ein deutſcher
Grammatiker. Herling. die Regeln, welche er aufſtellt, in demſelben Werke, in dem
dies geſchieht. mehrfach übertritt (a a. O. pg. 13 Anm.*).

7. Kapitel.

Die Negation im Objekts- und Subjektssatz.

1. Als Negation erscheint im Nebensatz nie das bloße ne (en). Er. 4686 ich waene ir enmegt (die Hdschr. hat mögt, aber die Negation ist nothwendig und megt, weil die Form auf bewegt reimt) ist nicht widersprechend: megt ist hier nicht als Conj. und der zweite Satz nicht als Nebensatz, sondern als beigeordneter unabhängiger Satz zu fassen. Das sonst konjunktivische megt als Indikativ an= zusehen, sind wir berechtigt durch Er. 5768 wan sî anders niht en- megen (: hantslegen). — Er. 8159 hat Bech das handschriftliche nû schînt dû wizzest niht wol erst in schînet dûne wizzest wol geändert. — Ueber Iw. 2698 an dem niht des erschein, ern waere hövesch etc. vgl. unten 2d.

2. Abundirend steht ne (en) in konjunktivischen Objekts= und Subjektssätzen ohne Einleitungswort nach Verben negativen Begriffs, sobald sie negirt sind. Dies sind a) die Verba des Unterlassens und Erlassens, b) des Verhinderns, c) des Zweifelns und Läugnens. Da dies ne aber der Sprache bald abhanden kam, fehlt es in den Hand= schriften aus späterer Zeit fast regelmäßig; diese lassen indeß das ne auch sonst fort oder korrumpiren es, wo es unzweifelhaft stehen muß (vgl. Er. 4686. 9323. 9416. 9451. 9517. 10013. 1 B. 1512. 1525. Iw. 726 Dad. 4782 E b.). Deshalb, und da es in den Gedichten, die in guten Handschriften überliefert sind, regelmäßig gesetzt ist, sind wir berechtigt es auch da, wo nur Handschriften aus späterer Zeit vorliegen, einzusetzen. Das hat denn auch Bech im vollen Maße gethan. Doch ist er hierin wohl zu weit gegangen: er hat auch gegen die Autorität der besseren Handschriften, die das ne, wo es nöthig ist, selten oder nie fortlassen, es in den Text gesetzt, wo es möglich war. Aber dazu ist die Kritik doch gewiß nicht berechtigt. Um Hart= manns Sprachgebrauch festzustellen, werden wir uns zuerst auf Iw. Greg. AH. Lied. beschränken, die in guten Handschriften über= liefert sind, und dann erst die hierher gehörigen Fälle aus Er. 1. 2. B. untersuchen, die nur in einer spätern, der Ambraser, Hand=

ſchrift vorliegen. — Es mag auch noch bemerkt werden, daß es mir hier nöthig ſchien, Vollſtändigkeit der Nachweiſe zu erſtreben.

a) Nach negirten Verben des Unterlaſſens und Erlaſſens.

Iw. 814 wan erz niht lâzen mohte ezn waere im doch von herzen leit. 5304. Gr. 981. 2339. 2201. 935. — Iw. 520 sol dich niht betrâgen dûne sagest. Gr. 998. — Iw. 2856 entuo sich des niht abe, ern sî. — 3656 niht vergaz sine wolte. 365. 3655. — 1101 niht enmeit ezn schriete. — 6172 sûmt er in unlange, ern taete. 6654. — Gr. 3094 wolde in niht verdriezen, erne schüefe. 2001. — Iw. 1288 ern mac des niht entwenken, erne müeze her vür. — 4122 begâben sî mich nie, sine zigen. — Gr. 1810 vergie in selten daz, ern getaete. — Iw. 5653 der mir die gnâde niemer widerseit, erne bescherme mich. — 1900 ob ich des niht gerâten kan, ichn müeze. — Iw. 4156 enwart des niht erlân, ichn schüefe. 1297. 2228. 6599. 7226. 226. 7905 — Den Werth von negativen Sätzen haben auch irreale Konditionalſätze: Iw. 630 obe ich daz verbaere, ichn versuochte. — 4510 wie habt ir daz verlân, irn suochtet helfe . .? iſt wohl der Hauptſatz gefaßt = „das hättet Ihr doch nicht unterlaſſen ſollen". Ebenſo 1401 wie mac er daran verzagen, ern lâze?

In allen dieſen Fällen iſt die Negation durch die beſten Handſchriften verbürgt, während die ſchlechteren es oft oder immer fortlaſſen, z. B. Iw. 6654 B a bd, Greg. 981 BE. 998 E. 2339 EG. 935 C. oder es korrumpirt erhalten, wie z. B. Gr. 2001 wo E anſtatt er en spraeche hat er entspreche.

Bech hat aber auch gegen die guten Handſchriften die Negation eingeſetzt: Iw. 6547 wart niht vergezzen, si buten (A. a. b. d. Lachmann), wo er mit DE ſchreibt sine büten; Greg. 1873 verzagte noch nie daran ich gedenke (AE. Paul), wo er als Konjektur aufgenommen hat ichn denke. Beides iſt wohl nicht nöthig: denn da die Ueberlieferung uns nicht nöthigt, iſt ja durchaus kein Grund vorhanden, den zweiten Satz als Nebenſatz anzuſehen, der allerdings die Negation haben müßte; es tritt eben hier für den Nebenſatz ein unabhängig beigeordneter Satz ein: vgl. Kp. 2, 2a. Auch von Bech nicht beanſtandet iſt ein ähnlicher Fall, ſ. unten c.

Im Erec, 1. 2. Bchl. findet sich das ne nur 1 B. 1123 verwirfe ich deheinen rât ichn leiste in etc.   Mit Recht ist es eingeseßt worden Er. 48 enlie niht, sine wolde. 1890. 5677. 1 B. 471 ez niht erlât ezn walle. 2 B. 489. Er. 4275. 8045. 8574. 6059 ich wils langer niht enbern, ezn werde. 1023. Unterlaffen hat Haupt die Korrektur Er. 1037 ê ir des waeret vermiten, ichn wurde an in gerochen. 5670. Jedenfalls nicht nöthig ist aber die Korrektur, die nur Bech vorgenommen hat Er. 4590 wart niht vermiten, sî liefen. 8361 wart niht vergezzen, wir heten. 9076. Es können auch hier mit gutem Grunde die zweiten Säße als unabhängig beigeordnete Säße gefaßt werden.   Wenn Bech sich zu Er. 8361 auf Iw. 364—366 beruft (Germ. VII 4, 467), so steht dieser Stelle, wo die Negation allerdings bezeugt ist, die ganz ähnliche Iw. 6547 gegenüber, wo sie fehlt und erst von ihm eingeseßt ist.

Ueber Iw. 6038. Er. 2716 vgl. Kp. 5, II, 8.

b) Nach negirten Verben des Verhinderns.   Iw. 4635 in beschirmt der tiuvel noch got, ezn müeze im an sîn êre gân. 2655 dazn irte unstaete noch der muot, dane wurde handelunge guot. Iw. 2359 wer ist (= nieman ist) der uns des wende, wirn geben . .? 578 irn schadet der winter, sine stê geloubet. 496 waz mac in gewerren (= in mac niht gew.) dîn huote, sîne loufen . .?   AH. 1186 uns kan daz nicht gewerren, iwer maget ensî vollen guot.   849 mir mac nieman erwern, ich enwelle.   Iw. 4042 nieman ist, der mich übertrage, mirne werde . . 4142 swer sînem zorne niene mac getwingen, erne übersprehe sich. Gr. 44 enist des niht rât ichn müeze. AH. 581. Iw. 6911. 2829 wart ich nie des über, ichn müese. Gr. 3303 daz im niht was entwichen, erne het sîn kunst behalten. Nach dieser Analogie ist auch wohl zu erklären L. I 11, 18 des mac mir niemer niht ze staten komen, ichn müze lîden sende nôt; eine Erklärung durch „ohne daß" ist wenigstens sehr steif. Ebenso 1 B. 50.

So schreiben Lachmann, Paul, Haupt, Bech nach den besten Handschriften. Die Negation fehlt z. B. Iw. 6911 DE. 4635 DE. Bech hat aber auch gegen ihre Autorität wohl mit Recht Gr. 2516 ob des ist dehein rât, ichn müeze die helle bûwen, wo Paul das handschriftliche ich müeze giebt.   Nicht nöthig ist aber die Ein=

ſetzung der Negation die er vorgenommen hat gegen A (der Lach= mann folgt) Iw. 911 ich mac daz niht bewarn, und wil der künec selbe varn, mir wirt mîn ritterschaft benomen unb Iw. 6288 doch wârens unervaeret; im wart al umbe genigen. In der erſten Stelle ſpricht für das Fortfahren im unabhängigen Satz noch der voraufgehende Konditionalſatz (vgl. Kp. 3, 1); in der zweiten ſcheint es überhaupt hart von unervaeret einen Objektsſatz dieſes Inhalts abhängen zu laſſen.

Im Er., 1. 2. Bchl. fehlt die Negation in der Handſchrift: nur Er. 6546 hat ſie ſich korrumpirt erhalten: wie welt ir daz erwern (== ir muget niht erw.), ich entraw ir swaz mir gevalle, wo in dem entraw offenbar entuo ſteckt. Eingeſetzt haben die Ne= gation Haupt unb Bech. 1 B. 133 daz ſî mir niht weren mac, ichn ſî. Er. 4966 dâ wendet michs der wille niht, ichn tuo. 6866 niht mohten bewarn sine müesten. 1 B. 648 daz dir nim= mer missegât, dirn geschehe alliu êre. Nur Bech: Er. 8815 dirn mac niemen des gewegen, ezn ſî. 8479 dies niht wolden haben rât, sîne suochten âventiure. 2 B. 547 hat Bech die Ne= gation nicht eingeſetzt: sich des niht erweren kan, im beneme ein krankez wîp bêde sinne unde lîp. Wenn ſie aber hier nicht nöthig iſt, war ſie nirgends nöthig; vielleicht iſt zu ſchreiben ezn beneme ein krankez wîp bêde im sinne unde lîp.

Haupt unb Bech haben auch nach poſitivem Hauptſatz die Ne= gation eingeſetzt. Er. 5986 swem daz ze wendenne ist gedâht, ez enwerde volbrâht etc. Das iſt aber entſchieden unſprachgemäß. Die Hbſchr. bietet ez werde volbrâht, was allerdings einer Aende= rung bedarf, man könnte ſchreiben daz ez werde volbrâht.

c) Nach negirten Verben des Zweifels und Läugnens.

Iw. 4128 sône lougen ich des niht, ezn fuocte mîn rât. 916 des ist zwîvel dehein, erne werde. 6336 dâ ist widerrede niht, irne müezet. Gr. 2764 bin des âne sorgen dûne be= ginnest. 2671 des ist unlougen, erne ſî. 2295 ez en ist niht âne daz, daran enstê. So die beſſeren Handſchriften und die Herausgeber.

Gegen die Autorität von A hat Lachmann die Negation fort= gelaſſen Iw. 7480 und ichn zwîvel niht daran, swaz ir mir beides hânt getân, des enwaere ich alles erlân, gegen A die Ne=

gation eingeſetzt Bech Iw. 2966 der rede ist unlougen, er hete ge-
weinet benâmen, wan daz. Aber auch hier kann die Negation wohl
entbehrt werden. Ebenſo Gr. 1538 zwîvel ich niht, ich gediene
(Paul mit den Handſchriften), wo Bech giebt ichn diene. Ein Beiſpiel ſolcher Konſtruktion hat auch Bech nicht fortſchaffen können
1 B. 374 der rede ist unlougen, wan deiz unmanlîch waere,
weinen ich niht verbaere. Ebenſo Greg. Einl. 46.

Die Ambraſer Handſchrift hat die Negation nur im 2 B. 259
zwîvel niht, des enwelle ich. Eingeſetzt iſt ſie von Haupt und
Bech Er. 9522 gewancte ichs nimmer ir wille ensî mîn bestez
heil. Er. 114 des niht verlougen, mir ensî; von Bech 1 B. 547
daz ist âne lougen, dûne habest. Er. 2981 hete deheinen zwîvel
ern müeste. 1763. 1305 dâ enwaere kein zwîvel an, ern waere
der tiuriste man; in der letzten Stelle wohl ohne zwingenden
Grund.

d) Vereinzelte Fälle ſind Iw. 2698 an dem niht des erschein,
ern waere hövesch. Gr. 126 man enmac im anders niht gejehen ern phlaege. Beide Fälle beruhen wohl auf einer Vermiſchung
zweier Konſtruktionen: an dem niht des erschein, daz er niht waere,
und der niht enlie, ern waere man enmac im anders niht gejehen wan
daz er waere und er enlie nimmer, er enphlaege (Paul z. d. St.)
Durch eine ähnliche Vermiſchung will Paul auf Bechs Konjektur zu
Gr. 529 in enwaere niht sô guot sine versandenz für sô daz sî ez
versanden. Aber hier fehlt die handſchriftliche Gewähr für eine ſo
kühne Konſtruktion. Muß hier geändert werden, ſo könnte das vielleicht in folgender Weiſe geſchehen, die allerdings auch nicht unbedenklich iſt, aber doch eine einfachere Konſtruktion bietet: nû kom in
vaste in den muot: — in enwaere niht sô guot — daz sî ez
versanden ûf den sê, „nun kam ihnen in den Sinn, — es wäre
das Beſte, was ſie thun könnten — ſie wollten es fortſchicken u. ſ. w.“

Er. 2733 ff. bietet die Hdſchr. daz nimmer dehein man gesach, swâ ez im ze tuonne geschach daz man ritterschaft urborte,
er schain dâ ie in dem worte etc. Haupt und Bech haben geſchrieben ern schine; das würde auch wohl durch eine ähnliche Vermiſchung der Konſtruktionen wie die eben erwähnte Fälle zu erklären
ſein. Aber wenn man durch eine doppelte Korrektur doch nicht mehr
erreichen kann als eine durch Vermiſchung zweier Konſtruktionen zu
erklärende Lesart, darf man vielleicht bei der überlieferten ſtehen

bleiben, die sich als ein (durch die Zwischensätze vollständig legitimirtes) Anakoluth auffassen läßt.

3. Ein abundirendes niht u. f. w. steht in indikativischen Objektssätzen, welche abhängen von positiven Verben des Unterlassens und Verhinderns. Vgl. Kp. 5, II, 8.

Iw. 1702 wie kâme er verlie, daz er niht sprach! „wie schwer wurde es ihm das Reden zu unterlassen". Er. 1062 liez er daz er im des niht entete. 4963 swâ ich im des abe gân daz sîn gebôt niene geschiht. — Iw. 3958 erwante dem lewen daz, daz er sich niht ze tode stach, „verhinderte den Löwen, sich todt zu stechen". 1404 und in sîn stein des übertruoc, daz im nicht arges geschach. Er. 2187 alsô wart daz wol behuot, daz nieman nît truoc. Er. 2587 des muos' in sîn tuht bewarn, daz er unbekumbert dâ beleip. Iw. 920 ich kan daz wol bewarn, daz er niht enstrîtet. 3148.

4. Andererseits erscheint in konjunktivischen Nebensätzen nach positiven Verben des Unterlassens und Verhinderns nur iht u. f. w. Vgl. Kp. 5, II, 8.

Er. 9810 fluhen daz sî dar inder kaemen. (Vgl. Bech, Germ. VII, 4, 447) Gr. 1558 des (sî) verzigen, daz ich iht langer hie bestê. Iw. 2784 bewaret, daz iuch iht gehoene etc. Gr. 2752. Iw. 2787 behüetet, daz ir iht sît. 3858. 1 B. 1089 28. 2 B. 252. Er. 4645. 8350 der daz wende, daz ich iht gevar. 3962 verbôt, daz iht ûf kaeme. Greg. Einl. 160. Dem Begriff eines positiven Verhinderns entspricht auch niht dulden: Iw. 5170 dez got niene dulde, daz iht missegienge; niht wellen: Er. 4350 nu enwelle got, daz ir immer getuot. Ebenso würde auch gegen die Lesart von BCD Iw. 4490 got enwelle, daz ichz iht gelebe, welche Bech aufgenommen hat, nichts einzuwenden sein, wenn nicht got welle, daz ichz niht gelebe mehr handschriftliche Gewähr für sich hätte und durchaus unbedenklich wäre (f. unten). 4047 schreibt Bech auch selber got welle, daz ich niemer gewinne, obgleich er jenes für „gegen Hartmanns Weise" hält (Germ. VII, 4, 447). — Nach Analogie der Verba des Verhinderns erklärt sich auch am einfachsten 4072 wan ich bin leider ein wîp, daz ich mich mit kampfe iht wer. 7934 ich bite got mir helfen sô, daz ich iemer werde vrô.

In allen diesen Fällen wird die richtige Lesart von den besseren Handschriften gestützt und stimmen die Herausgeber überein. Gr. 247 haben die Handschriften denen Paul folgt: sî gewarnet daz sî niht sî. Bech hat aber wohl mit Recht nach obigen Analogieen iht geschrieben. Ebenso gegen die Hdschr. und Haupt. Er. 3239 verbôt . . daz iht soldet für niht.

Dies iht kann aber auch fehlen. Iw. 4709. daz ich sî alle nenne, das ist alsô guot vermiten, 4782. Er. 1060. 4761. 5986 (?).

Ehe wir nun noch andere, strittige Fälle untersuchen, müssen wir die Bedeutung dieses Sprachgebrauchs feststellen. Bech scheint mir ihn ganz falsch aufzufassen und wenigstens Nichtzusammengehöriges zusammen zu stellen, wenn er Germ. VII, 4, pg. 446 f dies daz iht nach positiven Verben des Verhinderns mit dem daz iht des Finalsatzes zusammenbringt. In beiden Fällen ist das mhd. daz iht allerdings = nhd. „daß nicht"; aber im ersteren Falle ist das nhd. „nicht" pleonastisch, im letztern vollwiegende Negation. „Hüte dich, daß du nicht fällst" ist = „hüte dich zu fallen". „Verhindere ihn, daß er nicht kommt" = „verhindere ihn zu kommen". „Ver- biete ihm, daß er nicht ausgeht" = „verbiete ihm auszugehen!" Das Mhd. hat nun diese abundirende Negation nicht. Wenn in allen konjunktivischen Nebensätzen, „welche eine Absicht oder einen Zweck ausdrücken", d. h. in allen Begehrungs-Objekts- und Sub- jektssätzen daz niht sprachwidrig wäre, wenn gebieten daz niht (Iw. 3439) unregelmäßig wäre, so müßte doch auch ein biten, râten, welen etc. daz niht falsch sein, das auch für Bech nicht anstößig zu sein scheint; vgl. aber Er. 1143. 9827. Iw. 4046. 6660. 2 B. 301. Walth. 103, 1. 41, 9. 163, 3. Nib. 112, 1, 3. 215, 3, 2.

Wenn wir demnach daz iht = nhd. „daß nicht" beschränken auf Nebensätze nach positivem Verhindern und Unterlassen mit nicht eigner Negation, so liegt kein Grund vor, wo der Nebensatz schon selber negirt ist, das handschriftliche daz niht zu ändern. Iw. 5990 der ich genieze, daz in niht verdrieze und daz er niht entwer. (A Lachmann). Er. 8403 wie er im den rât erkür, daz er den lîp niht verlür. Dann würde aber allerdings niht für iht ge- schrieben werden müssen AH. 809 sihe ich gerne, daz mich iht unminne. Er. 4950 seht, daz er iht werde entwert! 3099 gebôt

(ſo die Handſchrift und Haupt, Bech: verbôt), daz iht kaeme. 476
daz mir iht gewerre! Aber es iſt vielleicht gar nicht nöthig, hier
Einheit herzuſtellen. Es wird allen beglaubigten Beiſpielen Rechnung
getragen, wenn man die Regel folgendermaßen faßt: daz iht =
nhd. „daß nicht“ erſcheint zunächſt immer nach poſitiven Verben des
Unterlaſſens und Hinderns; es kann aber auch in jedem konjunktiviſchen objektiven Begehrungsſatz ſtehen, wenn in dem regierenden
Verbum der Begriff des Hinderns in den Vordergrund tritt. Demnach iſt in konjunktiviſchen ergänzenden Nebenſätzen, „welche eine
Abſicht oder einen Zweck ausdrücken,“ daz niht nie falſch, und iſt
z. B. gebieten daz iht und daz niht gleich berechtigt: aber im
erſteren Fall ſteht nicht iht für niht, ſondern gebieten als vox media
mit dem Begriff von verbieten. Ein Seitenſtück würde dieſe Erſcheinung,
ſo aufgefaßt, finden in dem Sprachgebrauch, der nach Verben des Verhinderns im indikativiſchen Nebenſatz ein abundirendes niht verlangt:
dieſer beruht im Grunde doch nur darauf, daß hier umgekehrt das
Verb des Verhinderns als Verb des Bewirkens konſtruirt iſt.

Wenn wir ſo je nach der Verſchiedenheit der Auffaſſung daz
niht und daz iht für gleichberechtigt halten in konjunktiviſchen Nebenſätzen nach Verben, die nicht direkt Verhindern bedeuten, ſo wird es
auch nicht nöthig ſein, daß in den Verwünſchungsſätzen nach ich
bite got mir helfen ſô immer daz iht ſteht. Iſt dies der Fall,
wie in dem oben angeführten Beiſpiel Iw. 7934, ſo iſt es gedacht
= „Gott ſoll verhüten, daß“, ſteht daz niht = „Gott ſoll mir
geben, daß“. Bech zu 1 B. 1423 ff. ſcheint auch hier nur das
erſtere gelten laſſen zu wollen. Aber eben an dieſer Stelle muß
mit Haupt daz nimmer geſchrieben werden. Die Handſchrift bietet:
ich bite got mir helfen ſô, daz ich ymmer werde vrô oder gewinne kain (l. deheine) weltminne … niwan daz ich … müeze …
und daz diu arme ſêle mîn … muos (l. müeze) ſîn … und daz ſî
dannoch niht ſî. Bech hat iemer geſchrieben, aber niht enſî.
Beide Sätze ſtehen indeß völlig parallel, und wenn es vorzuziehen
iſt niht enſî zu ſchreiben, muß auch im erſten Satz nimmer geleſen
werden. Somit würde ſich dieſe Stelle zu Iw. 7934 verhalten wie
2 B 301 daz ſî niht vergezze mîn! zu Er. 476 daz mir iht gewerre! Die Bech auch neben einander ſtehen läßt.

Daz iht = „daß nicht“ nimmt Bech (zu Iw. 8117) auch in
Anſpruch für konjunktiviſche Objektsſätze nach swern und Verben

finnverwandten Begriffs. Sind die Beispiele, die er beibringt, kri=
tisch sicher, so muß allerdings das Vorkommen solcher Strukturen
zugegeben werden, aber vielleicht, wie er denn zur Erklärung der=
selben sich selber auf eine volksthümliche Auffassung beruft, nur die
Möglichkeit derselben. In der aus Trist. angeführten Stelle 10729
schreibt der neueste Herausgeber, Bechstein: daz niht*). Bei Hartmann wäre diese Konstruktion aber erst hinein zu korrigiren, wie
Bech auch zu Er. 4265 gelobte daz sîz nimmer mê getaete vor=
schlägt. Sonst folgt bei Hartmann nach solchen Verben der Objekts=
satz nur ohne Einleitungswort oder indikativisch und vorkommenden
Falls mit voller Negation. — Daz iht soll sich nun aber finden
Iw. 8117 (ich hân es gesworn, ez waer mir liep oder leit,) daz
ich mîner gewarheit iht wider komen kunde. Indeß wenn wir
hier, wie Bech thut, den Nebensatz daz——kunde wollen als Objekts=
satz zu gesworn ziehen, so erhalten wir einen ganz schiefen Sinn:
„Ich habe geschworen, mein gegebenes Wort nicht rückgängig machen
zu können"! wir müßten erwarten: „rückgängig machen zu wollen",
wie es Er. 9052 heißt: die swuoren, dâz sî wolden gewinnen.
Die einzig richtige Auffassung der Stelle ist darum wohl die, welche
Lachmann durch die Interpunktion angedeutet hat; ich hân ez gesworn: ez waer etc. Dann ist der Nebensatz Finalsatz und die
Stelle zu erklären: „Nein, ich habe es geschworen, damit ich nie,
wäre es mir lieb oder leid, mein gegebenes Wort zurücknehmen
könnte." Noch einfacher wäre es freilich, wenn man mit D (die
aber öfter niht und iht verwechselt, z. B. 3858) dürfte schreiben
daz niht, und den Nebensatz als Konsekutivsatz auffassen.

5. Schließlich ist noch zu erwähnen, daß auch statt des nhd.
„ob nicht" in indirekten Fragen bei Hartmann wenigstens nur ob
iht erscheint. Iw. 5937 vrâget in maere, ob im iht kunt waere.
5892. L. I. 14, 17. AH. 9. 1084. Er. 9002. 8367.

---

*) Ebenso wird auch wohl in der aus dem Nibelungenliede angeführten
Stelle 2868 (Bartsch = 361, 5, 2 Zarncke) zu schreiben sein, weil in dem
parallelen Nebensatz 361, 5, 4 niemanne steht; außerdem sind die betreffenden
Verse eine fast wörtliche Wiederholung von 172, 7, 2 ff. und hier steht niht.
Auch sonst findet sich im Nib nach swern immer die volle Negation, z. B. 172,
1, 2. 191, 6, 3.

8. Kapitel.

Stellung des Objekts- und Subjektsfatzes.

1. Als regelmäßige Satzfolge stellt sich bei Hartmann heraus das Nachfolgen des ergänzenden Nebensatzes ohne Rücksicht auf die Stelle, die der Satztheil, den er vertritt, im einfachen Satz einnimmt. Iw. 4219. L. I. 13, 8. 1 B. 535. 2 B. 622. Er. 1255. Iw. 4263.

Daß für einen Satz Subjekt und Objekt zugleich durch Sätze gebildet werden, wird wohl kaum häufig sein. In den beiden bei Hartmann sich findenden Beispielen tritt der Hauptsatz zwischen diese beiden Nebensätze. Gr. 3015 daz erz in beiden tete kunt, daz meinde ("bewirkte", vgl. AH. 618), daz eines mannes munt niht möhte erziugen wol. Iw. 7097.

Andere Nebensätze des regierenden wie des abhängigen Satzes folgen den Regeln, welche für ihre Stellung gelten*). Doch scheint das Bestreben obzuwalten diesen so nahe wie möglich an jenen zu rücken. Es gehen also wohl konditionale Sätze**), die zum Objektssatz gehören, diesem oft voraus. z. B. Iw. 1906 der weiz wol, ob mîn lant . . . bevridet waere, daz ichs benâmen enbaere. AH. 1174 giht, swer . . . leiste, des lôn sî ouch der meiste. 8352. 2 B. 491. Er. 3838; aber selten andere Nebensätze wie Gr. 564 darant stuont geschriben sô: . . . und diu ez gebaere, daz diu sîn base waere. Iw. 4637. 631 dô gedâht ich, sît ich nâch âventiure reit, ez waere ein unmanheit, ob ich verbaere. Iw. 917. 1 B. 67. 475. Aber auch eine Trennung des ergänzenden Nebensatzes von dem regierenden Satz durch einen Konditionalsatz wird gerne vermieden, indem entweder statt des Nebensatzes ein unabhängig beigefügter Satz eintritt (Vgl. Kp. 3, 1) oder auch der Konditionalsatz nachgestellt wird. Iw. 633. 2932. (vgl. AH. 945)

---

*) Eingehende Untersuchungen über diesen Gegenstand sind angestellt von Lehmann (Sprachliche Studien zum Nibelungenlied I. II).

**) Vgl. Lehmann, a. a. O. II. pg. 20 ff. Ich rechne auch die mi swer etc. eingeleiteten Sätze hierzu. Wenn nach Lehmann bei diesen die Vorausschickung seltener ist, so gilt das für Hartmann nicht.

4954. 1 B. 86. Gr. 3172. 3555. AH. 855. Er. 2772. —
1 B. 1503. AH. 26. — Zuweilen tritt auch der Nebensatz des
Objektsatzes vor den regierenden Satz, wenn dieser kurz ist. Iw.
5857 dô er hie lêdec wart, wizzet ir, war dô sîn vart wurde?
6640 daz ir mir saget, ich weiz wol wâvon daz geschiht.   1 B.
1698. 2 B. 796. Iw. 355. Er. 5859.

2. Selten tritt eine Einschiebung des Hauptsatzes in den Neben=
satz ein und nur, wenn jener ganz kurz ist. Iw. 2808 daz, giht
er, sî des wirtes kleit. 2837 diene weiz ich war ich tuo. 1 B.
291 sô fürhte ich sî mirz ouch tuo.   L. I. 10, 6 dâ wânde ich
staete fünde. Gr. 3149. 2 B. 754 der wil ich daz der waeger
sî. Ein weiteres Verschmelzen des Hauptsatzes mit dem Nebensatz
hat stattgefunden Iw. 6498 sî sprach, daz man an kinde niemer,
waene, vinde süezer wort. 2582 swie boese ir waenet daz er
sî, und in den Kp. 4, 1 c (Ende) erwähnten Fällen.

Noch seltener ist eine Einschaltung des Nebensatzes in den Haupt=
satz, wie 1 B. 1717 des half mir daz ich niht ertranc gedinge.

3. Verhältnißmäßig selten treten Objekts= oder Subjektssätze
vor ihren Hauptsatz; es würden sich dafür bei Hartmann ungefähr
40—50 Beispiele finden lassen. Meist hat diese Inversion den
Zweck eine gefälligere Verbindung mit dem Vorhergehenden oder
Folgenden herzustellen; stets aber wird dann der Nebensatz durch ein
daz, dâvon, maere u. dgl. im Hauptsatz wieder aufgenommen.

Iw. 5903 an dirre stat dâ liez ich in; war aber stüende
sîn sin, daz enwolte er mir niht sagen. 4288. 5511. Er. 6551
von dem slage wart sî vrô . . ., wâ sî die vröude möhte nemen,
daz muget ir gerne vernemen. 7813. AH. 652. Gr. 1731 dô
haet er sî gerne gesehen: und wie daz möhte geschehen, des
vrâgte der ellende. 1 B. 1198 mir ist wê, und bin gesunt:
wie dem sî, deist mir unkunt. 2 B. 209. — Iw. 6264 daz ich
zuo dir gangen bin, daz ist durch vrâgen getân. vriunt, dû solt
mich wizzen lân, etc. 1654. Er. 5048 daz ich dar her bin
komen, des was mir vil ungedâht: ir habt mich übele her brâht.
L. I. 15, 15.

Diese Inversion wird auch wohl benutzt, um Eintönigkeit zu
vermeiden: so Er. 7335 ff. wo zwei Sätze mit je einem Nebensatz
chiastisch geordnet sind: sît ich iu nû gesaget han, wie daz pfärt
waere getân: wie ez anders waere gestalt, daz sol iu werden

gezalt. Ebenso Iw. 7486. Solche chiastische Anordnung giebt der Rede etwas außerordentlich Zierliches und Gefälliges: Beispiele solcher Stellung bei anderen Nebensätzen sind Iw. 4389 ff. 6828 ff. AH. 328 ff. Gr. 436 ff.

In größeren Perioden erscheint diese Inversion nie; der Hauptsatz ist immer nur kurz und meistens ohne weitere Nebensätze und auch der abhängige Satz ist nie von mehr als einem Nebensatz begleitet. Dieser steht gewöhnlich nach jenem, also zwischen dem Objekts- oder Subjektssatz und dem Hauptsatz, z. B. Iw. 4709. 5457. Gr. 1143; vorangestellt ist er Iw. 4947 dô sî ir vater rîten sach, daz im sîn herze niene brach . . ., des wundert mich. AH. 1438 als in . . . enphienge, wie ez darnâch ergienge, waz mag ich dâvon sprechen mê?